時光照相館

人生写真館の奇跡

柊彩夏花

鄭曉蘭 譯

目錄

壹

婆婆與公車的照片

人生写真館の奇跡

古老的擺鐘，不論指針或鐘擺都已靜止不動，平坂專心豎耳傾聽。照相館整棟建築物鴉雀無聲，一片死寂，靜到彷彿耳朵深處都要響起「嚶」的鳴響，皮鞋軟綿綿地陷入陳舊的紅地毯。

接待櫃台上妝點著小巧的龍膽花，他用手指輕輕撫摸，稍微調整花朵角度。

玄關內側，左右對開的門扉大大敞開，可以看到裡面的攝影棚。昏暗燈光下，是拉下的整片背景紙，前方放著一張只有單邊扶手的豪華座椅。相機底座上，還能看見一台大型蛇腹相機。底座或相機本身，都是結實的木頭材質，由於尺寸比成人環抱還要大，常讓訪客發出「好厲害喔，這台相機，像木箱一樣」之類的驚呼。如果是熟悉相機的訪客，會說著「好懷念喔，是安東尼型相機[1]呢」，有時就會這樣開始聊起相機。

1. 泛指日本大正（一九一二～一九二六）至昭和一九四〇年代，主要用於日本照相館的大型木製相機。

他正想說窗外有人影閃過，耳邊隨即傳來聲音：「送貨、送貨喔！平坂先生～」

「通咚咚、通通」的敲門聲感覺很快活。明明每次都像這樣，持續做著千篇一律的事情，這男人好像總能樂在其中呢，平坂想著，一邊開門。

門外，是個穿著送貨員制服的年輕男人。他將帽子往後反戴，一如往常地推推推車過來。推車上的貨物之大，讓他說著「還眞大呀」，隨即露出苦笑。

對方制服胸口有個白貓圖案，名牌寫著「矢間」。他頂著平頭，與一身被曬得黝黑的膚色很相稱。

「下位訪客，是個活潑的年輕女孩喔。」他一手拿著個人檔案資料這麼說。

「說謊，是不行的。」

平坂苦笑著簽收。

「平坂先生，這件貨物重到一個人搬不動，可以幫忙一起搬嗎？我也很久沒送到這麼大件的貨了。這些照片，大概都有一百年份了吧。」

兩個男人「嘿咻」一聲，聯手將大件貨物搬到接待櫃台上。那過於沉重的照片重量，好像讓他不自覺發出了嘆息，矢間於是笑問：「平坂先生，是不是要改變心意啦？覺得這裡的工作，好像可以不做了呀。」

「嗯，不過，還是想再多持續一段時間呢。」

「這才是平坂先生嘛。」矢間說著，將帽子轉正戴好。

「好了，我得送貨到下個地方去了。每天都像這樣眞的很忙耶，我們彼此都得好好注意別過勞死了喔。」

「什麼過勞死……絕對不會有這種問題的吧。」

矢間稍微揮了揮手，將個人檔案資料夾在腋下，就推著推車出去了。

平坂爲了下一位卽將抵達的訪客——八木初江女士，整理屋內。爲了能做到美好的「送別」，爲了能幫訪客拍攝出美好的相片。

然後……

也爲了有一天，能與持續尋找的「某人」相逢……平坂這麼祈願。

◉

「初江女士、初江女士。」

耳邊傳來男聲。

聽到有人平靜呼喚自己的名字，初江猛然睜開雙眼。

這是哪裡呢？好像是有人讓她睡在沙發上。睜開眼只見陌生的天花板，還有個男人憂心忡忡地窺視她。

最近天氣突然變熱了，自己是因爲中暑昏倒了嗎？她企圖搜尋最新的記憶，卻發現那些記憶像是籠罩在迷霧中模糊不清。我是初江，今年九十二歲，出生於豐島區[2]，好，自己還沒失智……吧。

她滿心焦慮，專注凝視男人臉龐。既然知道「初江」這個名字，要說認識也算認識吧。但是，這人是什麼人去了……不對，是在昏迷期間，看過自己個人物品的名字嗎？她搜尋著記憶，一邊想從沙發坐起身。她扶著腰部，背部緩緩使勁。剛剛雖說是昏倒了，身體狀況卻不是太糟。

說正經的，這人是什麼人去了。一直以來，就算走在路上被人突然叫住，也都能很快認出是哪裡的什麼人，只要說出「是某某人吧」，對方看來就會眞的好開心。上了年紀，腦袋都鏽了，眞是討厭啊，她想。

「歡迎光臨，在下已經在此恭候多時。」男人這麼對自己說。

她試著指向自己鼻頭示意「是在說我嗎」，那個男人隨即頷首。

「您是初江女士吧？」

「欸，是啊。」

2.「豐島區」：東京都二十三個特別區之一。

她往上瞄了男人一眼，他整整齊齊地穿著一件立領灰襯衫，感覺就像是一位沉靜牧師或神父，頭髮也梳得整整齊齊的。外表看來姑且算和善，同時也有種摸不透底細的感覺。那張臉並非讓人眼睛一亮的帥氣，話雖如此，也不能說醜，感覺像誰又不像誰，總之就是印象薄弱的一張臉。

「在下是在此長久經營照相館的平坂。」

男人這麼自稱。

話說回來，身邊沒有常用的那支枴杖。是昏倒時掉了嗎？

看到視線在屋內到處游移的初江，大概是想說明這個地方吧。「進門左邊內側那裡，是攝影棚，中庭也能拍照，右手邊是會客室與工作室。現在就帶您參觀一下環境。」平坂說。

只要有掛心的事，就想立刻問出口，這是她一直以來的老毛病。

「在此恭候多時」，那句是什麼意思？

照相館老闆，找我有什麼事？

說到底，我是怎麼來到這裡的呢？

什麼都不記得。

「請往這邊。」平坂都這麼說了，即使問題堆積如山，姑且還是戰戰兢兢地嘗試站起來。她已經很久沒有不拿枴杖走路了，她手扶著沙發，重心轉移到手臂那邊，緩緩邁出步伐。身體狀況前所未有地好，腰也不痛，初江慢慢走著，跟在平坂身後，平坂憂心忡忡似地向她伸出手。

被他領去的會客室，陳設沉穩大方。皮革沙發雖然老舊，不過保養得光潔亮麗，而且感覺長期以來都被好好使用的木桌，看來也很舒服。這一切並非一擲千金的懷古嗜好，像是長期持續珍視物品才得以散發出的韻味，眼前這位小哥雖然年輕，品味還眞是討喜，她這麼心想。

透過玻璃窗看到的中庭，有個小小的亮光，仔細一看是個類似布滿青苔的石燈籠之類的東西，除了枝垂櫻還有大吳風草等，形狀優美的植栽，穿著和服以那裡做爲背景，的確會很出色。

會客室一角放著陳列架，電熱水壺、虹吸式咖啡壺或咖啡杯等物品，統一擺放其上。他大概是個喜歡掃除的人吧，上面看不到一點灰塵，眞讓人佩服。桌上放著一個不知道做什麼用的大箱子，也讓她好奇。

「馬上爲您上茶。」平坂說著背向這邊，以熟練的手部動作，準備起茶壺或其他東西。初江心一橫，決定對那個背影出聲。

「那個，不好意思。」

聽到初江的聲音，平坂回過頭來。

「我要問奇怪的問題，不好意思呀。」

「嗯。」平坂似乎在等她說下去。

「那個，我呢，該不會是，死了吧。」

平坂雙眼稍微圓睜。

「……是的，就在方才。在下首先必須從這方面的說明切入，只是在極少數的情況下，也有人自己就知道了。」

聽到這理所當然似的回答，感覺像鬆了口氣，又像不知所措，也像被人稱讚領悟力高，心情變得很複雜。

茶不會過澀、不會過淡，恰到好處。

說到自己已經死了這件事，以前本來以爲，死後的模樣應該會變得更有死去的氣氛吧。例如說，頭上綁著三角巾、身體變透明之類的，現在連腳都還好端端地長在那裡。這茶杯的觸感、茶的味道都沒有任何改變。

在對面就座的平坂，定定凝視這邊。

初江陷入沉思。「不過呀，我本來以爲從那個世界來迎接我的，一定是媽媽或爸爸，還是丈夫呢。」

結果，是這個陌生男人——平坂來迎接呀。是因爲表情變得有些沉重嗎，他說：「不，這裡只是像中繼站一樣的地方。」

初江沉思了一會兒說。

「我說啊，所謂的平坂先生，該不會是參考《古事記》[3]的黃泉比良坂，所以叫做 Hirasaka[4] 先生的吧？伊耶那岐[5] 逃回來的那個地方。」

平坂對於初江的問題似乎相當吃驚。說到「黃泉比良坂」，據說是位於現世與死者居住黃泉交界處的坡道。

「您懂得還眞多呢。」

她從以前就愛看書，天生喜歡探究各方面的事物，這類雜學原本就是強項。腦袋還沒完全生鏽喔，她有些得意。

「沒有錯，這麼一來，說明起來就順利多了呢。這個地方，就是那個生與死的交界處。」

「所以說，負責接待的是平坂先生。」

「嗯，只負責這個中間地點就是了。」

「那麼，這裡並不是那個世界囉。」

「不是。」

「那，平坂先生是像譬如說閻魔王那種，跟神明有關的人物嗎？佛陀？要說是佛陀嘛，又……」

仗著平坂感覺沉靜、笑臉迎人，忍不住就想打趣地說「要說是佛陀嘛，又不像」。看他喝茶的那副樣子，真的就是個人啊。

「在下只是個引導者而已，要是劈頭就告知『你已經死了』，總有很多人在這裡嚎啕大哭、沮喪失落或大鬧一番，所以在下時時提醒自己，要盡可能降低衝擊。也因此，這棟照相館也盡可能打造成與現實有所連結。」

初江環視四周。原來如此，這裡感覺就只是個典雅沉穩的照相館而已。也是啦，要是突然就被押到閻魔大王面前，應該會整個人發抖，什麼都說不出來吧。

3. 日本最早的日本歷史書籍，成書於七一二年，全書建構了日本的宇宙觀與大和民族的起源。
4. 日本古神話中的黃泉國之路「黃泉比良坂」，日文發音為Yomotsuhirasaka，而平坂的日文發音為Hirasaka，故有此言。
5. 日本古代神話中開天闢地的男神，與女神伊耶那美結合後創造了日本諸島與諸神，後因種種波折，與伊耶那美訣別於「黃泉比良坂」。

「所以初江女士現在身上穿的衣服，也是平常的衣服吧。外貌也是，應該是您自己本身覺得『這就是我』的最熟悉樣貌。」

「膝蓋復元了，眞好。」她說著甩甩左腳，平坂見狀似乎是覺得「太好了」地點頭。

「您如果在這裡跑步，也會流汗，還會感覺上氣不接下氣。那是因爲您如今還是擁有與生前一模一樣的身體感覺。」

初江嘗試用手握拳，然後放鬆。這樣啊，與活著的時候沒有任何不同，實在難以相信這副身軀的實體，其實已經不存在了。

「那，我會從這裡再移動到什麼地方去吧？也就是到那個世界去。」要去也無妨，只是想先預估今後的走向。現在對於以後會發生什麼事情完全沒有頭緒，讓人很不安。

「沒有錯。雖然沒有錯，在那之前，有件事想先請初江女士去做。」

什麼事情啊。平坂翻找放桌上的那個大箱子，拿出來的是看來也像文件的一疊疊東西。他拿出好幾疊來，每疊都有一張白紙做爲分隔，而每疊的厚度都無法用單手拿住。

「這是什麼呀？我說啊，有沒有老花眼鏡？要是沒有老花眼鏡，就看不到呢。」

平坂說：「就算沒有老花眼鏡，您應該也看得到喔，請嘗試稍微專注於雙眼的感覺吧。」

她按照他所說的，專心看向手上，以前完全對不到的焦點，輕而易舉就順利對焦，看得一清二楚。她已經好久沒有用肉眼看到這麼細的東西了。

「啊……」

初江看著眼前那些拿在手上的東西，發出聲音。

那是照片，數量龐大的照片。是誰拍下的呢？像是小時候住家附近的廣場、年輕的父母，各式各樣的照片。照片比普通尺寸大上一輪，很值得一看。

「這些照片，是初江女士人生的照片。一天一張，一年就有三百六十五張，足足九十二年的分量，所以數量也很龐大……」

初江一張一張翻看照片，每看一張，早已忘懷的各式各樣回憶就湧現心頭。像是綠繡眼會飛到老家門邊的柿子樹上，用來放牛奶瓶的老舊箱子縫隙，光線穿過玄關旁的格子門，形成美麗的條紋投影。

「時間非常充裕，可以慢慢看。還請初江女士從中選擇出與歲數相當的九十二張照片，可以自由選擇喜歡的照片。」

「選擇？」

她覺得奇怪。

平坂打開右手邊的門扉，隨卽看到一個工作台，還有木製的某種骨架。正中央有個像是用來盛裝什麼，類似盤子的東西，其下有四根支柱支撐，底座也做得非常穩固扎實。這東西是要做什麼用的呢，另外可見像竹條的棒狀物，還有像風車的東西。那些全都是還沒上色的原木，後續作業似乎還在進行中。

「是希望初江女士選出用於走馬燈的照片呢。」

她瞬間停止動作。

「欸！你說的走馬燈，是到那個世界時看到的那個吧。」

「是的，就是那個走馬燈。」

「那個，大家都是自己選的嗎？」

平坂拿起木製骨架的一部分。

「嗯，向來都是請大家選出喜歡的照片。」

「眞沒想到，走馬燈竟然是自選的……」初江還是感到驚訝。

「有九十二張，燈本身也會很有看頭，做出來會很華麗吧。眞期待展示您的〇歲到九十二歲呢。」

說到走馬燈，是傳說死前會看到的現象，但是做夢都沒想到，現在開始要自己製作。

「對了，大家不是常說，將死之人會看到走馬燈嗎？」

「嗯。以整體比例而言，來到這裡再回去的案例本身，幾乎趨近於零。但是，我想大家都會把來過這裡、自己選過照片全部遺忘，只剩下看過走馬燈的記憶，還依稀留存腦海吧。請您看看這邊的房間。」

平坂暫時走出會客室，打開對面的房門。

那是一間純白的房間，正中央放著一張感覺坐起來很舒服的長椅。正方形的房間清一色的白，不論地板或長椅都是純白的，整體看來就像是某種藝術品。她看到右邊牆上有門，或許也與外面相通。

「最後會在這個小房間裡，點亮完成的走馬燈。觀賞的觀眾，就只有初江女士一個人。如果方便的話，請讓在下這個製作者也一同觀賞。」

走馬燈，散發光芒，一圈又一圈旋轉。記得以前看過的走馬燈，是以和紙呈現出花卉圖案，散發出紅色或黃色光芒，緩緩轉動。

「這樣啊，所以說並不是渡了河，『好啦，抵達那個世界了』那樣喔。」

「說起來，可以說是一種人生最後回顧的儀式吧。」

她決定趁這個機會，嘗試問出一直以來掛心的問題。

「您所說的移動地點，我之後，會從這裡到哪裡去呢？」

平坂的視線落到手邊，過了一會兒才看向這裡，感覺像是難以啟齒。

「抱歉，在下對於之後的事情，所知也僅限於傳聞。因爲在下自己本身也沒有去過，畢竟，完全去到那邊之後，沒有任何一個人回來過。」

那麼，那個世界是個什麼樣的地方呢？她內心這麼擔心。或許會乾脆消失，化爲虛無。

「聽說靈魂一旦成佛，就會脫胎換骨，重新投胎轉世。」

一回到會客室，平坂重新爲她倒了茶。平坂喝著茶，初江也在同時間將茶杯送到嘴邊。

她喝著茶，一邊想。如果說「舌頭上的茶，溫度恰到好處」的感覺完全喪失，至今的一切也全都遺忘……諸如此類的意識徹底消失時，或許才是真正的死亡吧。

或許是看她的神情隱約顯露不安，平坂對她發出撫慰般的聲音。

「就算是去到那邊，我想初江女士您這樣的存在，也不會灰飛煙滅的。因爲可以確定的是，累世記憶會沉睡於靈魂深處。」

這個嘛，例如說……平坂低喃著，似乎想到了什麼。

「初江女士有沒有過這樣的體驗呢？明明初次見面，卻覺得這個人似曾相識，又或明明初次造訪，卻總覺得這個地方好懷念，好像到過這裡……諸如此類的。」

「有、有、有，」初江回答。「這裡，我也覺得似曾相識呢。」

平坂笑了，「那種感覺，說不定也是靈魂中的記憶呢。」然後這麼說，「不過，要是對於人生有什麼留戀、後悔或某種強烈執著，就會沒辦法去到那裡。那麼一來，靈魂就只能永遠滯留在同樣地方了。」

初江點頭。

「平坂先生，簡單來說呢，我現在要做的事情，就是選出與年歲相同的九十二張照片，然後跟平坂先生一起製作走馬燈吧。看著看著，心情快活了，就成佛囉。」

還有一個工作得做呀，她心想。死了以後，也挺忙的。

「唉，一旦到了這裡，不論是多了不起、多有錢的人，僅剩的也就只有回憶了啊。」

初江凝視眼前堆積如山的照片。到底要花多久，才能把這些全部看完呢？

「當今這個什麼都是電腦啦、智慧手機的世道，竟然要用手工製作走馬燈呀……說意外也算意外呢。」

對於初江而言，死後要選擇的不是物品也不是影像，而是照片，還眞讓人有些意外。

平坂從照片山中拿出一張。

「那麼來試試與初江女士有關的這張照片吧。您還記得這張照片的地點嗎？」

遞過來的那張照片，是在坡道上的照片。

「啊……」

她回想起來。

正中央是一條坡道，周遭是無邊無際的水田。風「咻」地吹過，整片稻海彷彿海洋起伏擺動……

一衝下坡道，隨即感受到汗珠滑過太陽穴的觸感。乾燥的風的味道，一舔雙唇隨即感受到的鹽味。視線前方，一隻白鷺鷥受驚似地飛起，藍天中的白鷺鷥逐漸變小，後來成爲小小的白點。她目送鳥兒飛走，直到再也看不見爲止，和服衣襬隨風掀動，風聲突然變大了起來。

回想起來。自己還年幼的那個夏天，漫長到幾乎看不到盡頭。那時候，只覺得渾身充滿活力，自己能無止境地衝下這條坡道，就那麼繼續跑下去。

「您想起來了嗎？」

「……我還記得。還記得喔，對了，這裡，是到隔壁町[6]去的水田道路。我以前很喜歡這裡呢。」

照片一拿在手上，記憶或情感頓時湧現腦海。

「您一直都記得嗎？」

「不，早忘了呢，忘得一乾二淨。以前有的東西，後來全忘了，現在這裡已經全都鋪上柏油路，變成住宅區了。」

平坂也拿起那張照片，看得出神。

「好棒的景色啊。」

「眞的，這風景別處都沒有呢。」

平坂靜靜把照片還給她。

6. 日本行政區劃分單位，介於市與村之間。

「看著這張照片，好像能回想起一些事呢。那時候的，各種不同的事情。」

初江目不轉睛凝視那張照片。仔細一瞧，粒子持續變粗，變得像是一點一點的色彩。照片明明只是各種顏色的匯集，感覺上不論聲音、風、心情、那個時代的空氣等，所有一切都被納入這一張方框中。那一切，全都隱藏在這些點點色彩的某處吧。

「照片，的確是蘊含著力量的。」

平坂平靜地這麼說。

初江還在專注凝視那張照片。這張照片，也不是說特別被當作攝影作品拍下來的，不過就只是一張普通的鄉間道路照片，但是一旦像這樣曾經失去過，就會成爲只存在於這張照片中的風景。這雖是一張平凡無奇的風景照，對於初江而言，感覺卻是非常珍貴的一張照片。

她在平坂的敦促下，坐下開始挑選照片，她從整疊照片中一張一張拿出來，慢慢分類。話雖如此，每張照片都讓她看得出神，挑選進度毫無進展。

她仔細翻閱照片，同時察覺，自己一路走來持續在遺忘。她甚至對於自己持續在遺忘這件事毫無記憶……這也是理所當然就是了。在看到照片之前，對於曾有過這樣的事、原來是這樣子的，毫無記憶；一旦看到了，就會回想起各種不同的事情。

在此期間，平坂爲了不打擾她，並在她有問題時可以隨時過來，保持著一段適當距離陪在身旁。他開著門，在隔壁工作室製作走馬燈骨架，同時似乎一邊留意著這邊狀況。大概是爲了能投影九十二張之多的照片吧，走馬燈正歷經某種精密的製作過程，似乎會變成成年人想獨自環抱也很吃力的大型成品。足足九十二張，果然會萌生相對應的魄力吧，她想。

選照片也是挺累人的差事，只要一想到必須毫無遺漏地看遍這箱子裡一疊又一疊的照片，就覺得頭大。

用年齡算的話，是大概在看完七歲照片時，平坂對她出聲。

「這邊是挑選完畢的照片嗎？」

平坂看著一疊疊的照片說。

「打算先全部看過，再從選出來的照片裡挑出九十二張來。但是有好多照片呢，眞讓人頭大啊。」

「想休息的時候，請隨時跟我說。您應該不會有肉體上的疲勞，不過，精神上我想還是會覺得累的。」

由於平坂對她說：「能否看看照片呢？」所以她回答：「嗯，請看、請看。」這好像在讓人家看自己相冊一樣，總有些害臊。

穿著背心站立的父親身旁，是穿著日式烹飪圍裙的母親。看她左手拿著洋傘，或許是感覺會下雨的日子。母親手裡提著竹簍。對了，以前大家都是提著這種像竹簍的東西去採買呢。

「這位是您住在附近的朋友吧。」

開心展示自己正在換牙的牙齒的，是住在附近的小美衣。後面頂著栗子頭湊過去看的，是田川的三兄弟。影中人短褲邊緣都已經破損，也能明顯看到隨處都是補丁。那個時代，二手物品傳三手再傳到四手，根本不足爲奇。以前，不論衣服或任何東西，都得一邊修補一邊繼續用下去的。

「對、對、對。我小時候在那附近的孩子裡，不但跑得最快，游泳也游得最好，打架也很強，所以到處教訓孩子王。還常被罵說，這樣以後可沒人敢娶妳喔！記憶中沒有這麼髒的，現在看來，大家穿的、還有頭髮眞的不太乾淨呢。」聽她這麼一說，平坂笑了。

她眺望散布桌面的大量照片。

「不過呀，有好多不同的事情，眞的就是會一直遺忘呢。本以爲自己都記得一清二楚的，其實就那麼一件接著一件忘掉耶。就連父親與母親的臉龐，也是重複端詳了好幾次呢。」

不論是以前好愛的繪本，又或那麼寶貝的錫鐵罐，都早已徹底從記憶中遺落。如果不記得，就等於不會存在過了。

「就是這麼一回事呢。人生，也是一點一滴捨棄記憶，一邊前進的旅程。」

過了一會兒，平坂從托盤拿出茶杯遞給她。茶杯飄散出些許熱氣，一旁有當作茶點的和菓子。那是她喜歡的羊羹。

雖然起初曾納悶，怎麼會是選照片，但是她現在覺得以「人生被賦予的最後工作」而言，收集早已遺忘的記憶，做出「走馬燈」這種形體是饒富趣味的作業。

她喝下平坂剛爲她泡的綠茶，另外也向羊羹伸出手。

「謝謝，我以前最愛羊羹了。」

「合您的胃口，眞是太好了。」平坂看來很開心地點頭。

「只爲了我一個人，花這麼多時間，不要緊嗎？」

「嗯，請別介意時間或在下。因爲，在下很喜歡看大家像這樣緬懷過去的樣子。」

平坂也喝了一口茶。

望著他的側臉，她想問問看始終放在心上的事情，那是關於平坂自己的事情。

「平坂先生，您從事的是這樣的工作，那您是人類嗎？問人家是不是人類，或許也很不可思議就是了。」

平坂雙手捧著茶杯，臉上浮現節制的笑容。

「在下可不是神明之類的存在喔，在下負責這個職務也已經很久了，不過生前也曾是人類，與初江女士一樣。」

哇～她心想。平坂以前過著什麼樣的生活呢？他那穩重平靜、情緒起伏不太外顯的樣子，散發出與一般公司職員不同的氛圍。勉強說起來的話……比較像美術館或藝廊之類的。

「這個嘛，我來猜猜看。是美術館或博物館的人，那類工作嗎？啊，這裡也是照相館，所以之前是照相館的人囉？」

「不……」

「那，是公司職員？您以前住在哪一區呢？聽您說話，東京嗎？就算不是東京，也是關東吧？」

這個嘛……平坂說著，臉上笑容還有維持住，但是顯而易見的是，表情莫名流露困擾。似乎也有不能觸碰的事情。上了年紀，忍不住就會冒冒失失地越線踩進去，問東問西的，這樣不好。

「啊，對了，話說回來，這疊照片啊……」她企圖打破當下尷尬的氣氛，想藉此跳過剛剛的話題，手卻不聽使喚。桌邊的幾疊照片，全都因此掉到地上去。

照片就像色彩繽紛的扇子，散落在鋪著地毯的地面上。

「啊呀～」她說著伸出手去，平坂手腳俐落地迅速將照片放回桌上。

最上面有張舊型都營公車的照片。「啊，這輛公車，好懷念呀。」她自然而然這麼自言自語。

另外，還有好幾張公車照片疊在一起。平坂整理著照片，是因爲自己的目光駐留其上吧，他問：「您以前，很喜歡公車吧。是曾在公車公司上班嗎？」

「不，不是的，我的工作跟公車無關喔。」

「這樣啊，」平坂隨聲附和，一邊說：「畢竟有這麼多公車照片，還以爲您一定是在公車公司工作過呢。」

嗯……，初江陷入沉思。

「不過呢，要說有緣，也算有緣吧。要說是在裡面工作過，也的確算是工作過。」

初江說著，拿起一張拍到公車的照片。

「啊～這張照片。」

在這好幾張的公車照片中，找了半天並沒有想看的那張。因爲照片不知道爲什麼，褪色得很厲害，看不清楚。專心凝視的話，至少還看得出在照些什麼，不過除了泥濘的地面還有聚集人群的腳部，其他部分都變得像是過曝了一樣。

「你看，平坂先生。這張照片，我眞的好想看看，但是褪色成這樣，就只有這張沒辦法看呢。」

「啊，實在抱歉。照片方面，我們對於能修復的，可以做到某種程度的修復或補正；只是這一張，我想是沒辦法修復了。舉例來說，不像那些被收起來放的照片，越是當事人喜歡的照片，就會擺出來裝飾，又或常常用手拿著端詳吧。那麼一來，就會很容易褪色或破損。記憶也是一樣。那些重要的回憶，在遇到什麼事情都會回想起來的過程中，慢慢地就會想不起其中的細節了。」

「是喔……」初江很喪氣。想再看一次，只要一次就好。本來好想再仔細看看那幅光景的。

初江凝視公車照片，這麼低喃。

「這張照片呢，對我而言，是值得紀念的公車之日呢。我那時候大概二十三歲左右，唔……」

平坂好像立刻幫忙心算。「是昭和二十四年[7]。」

謝謝，初江笑了。

「日期我也沒忘。對，是七月四日……」初江說著，沉思了一會兒。

「昭和二十四年呀。在那之後，經過了好漫長的一段歲月啊，我也都變成了一個老太婆，像這樣突然撒手人寰也是理所當然的嘛。」

平坂似乎將她說的日期，寫在手中的筆記本裡。

「敬請放心，這張畫面正在消逝的照片，是能夠復原的。」

「你說復原，是要怎麼復原？難道有底片之類的東西嗎？」

7. 日本年號之一，一九三六～一九八九。昭和二十四年為一九四九年。

「不是的，我們這裡沒有。」平坂說。

那麼在這個什麼都沒有的地方，要怎麼修復照片呢？平坂一邊避免接觸到表面，小心翼翼地拿起那張畫面消逝的照片。

「只要與這張照片同時刻、同地點再重新照一張，就能重現這張照片的情景。」

平坂說出讓人意外的話。

「怎麼照？」

「就只有這一天，可以回到過去，再重新照一張。拿著自己喜歡的相機去照。」

平坂起身，開啟白色房間旁邊的房門，展示給她看。

「先請您看看比較好呢。請往這邊，這裡是器材室。」

她往內窺探，嚇了一跳。放眼所及，一路延伸到天花板的架子上，幾乎毫無縫隙、密密麻麻地陳列著大量相機。一、二、三，她數了數，知道到天花板的架子共有十層。最高的那層，沒有梯凳根本搆不到。映入視野的物品數量壓力，甚至讓她暫時動彈不得。

「請往裡面走。」平坂這麼建議她。

定神一看，下方架子整排陳列著讓人懷念，以前曾看過的那種像木箱一樣大的照相機。那是鏡頭嗎？正中央的鏡筒靜靜閃耀光芒。再上面一層架子，整排滿滿陳列著像是有兩個鏡頭的箱子那種，造形復古的相機。再上面一層，視線往上巡視，好像慢慢覺得暈頭轉向了。

以前不知道在哪裡讀過，大象將死之際會悄悄離開象群，自己來到有好多同伴骨骸的大象墳場中，等待死亡。這裡讓人覺得，也好像是照相機的墳場。

話說回來，這眞是讓人完全搞不清楚到底有多少的恐怖數量。這裡還有往下延伸的階梯，地底好像也有一個龐大的照相機倉庫。

「存在於全世界的所有照相機、鏡頭種類，這裡一應俱全。當今銷售的數位機型、最新款的也全都有，不論任何一台，都能自由使用。」

「這裡，好像博物館喔。」

「有沒有那個呢、有沒有這個呢，那麼那種鏡頭呢？既然是人生最後一次拍攝，不用這樣的組合不行……像這樣對於帶去的相機有著莫名堅持的人，出乎意料之外地多呢。」平坂苦笑說。

「哇，不過就算這裡有這麼多相機，我還是搞不清楚該怎麼辦耶。因為，我對相機不熟啊。」

她姑且就近拿起一台試試看，不過那好像是專業數位相機，她連怎麼啟動都不懂了。相機比外觀看起來沉重，收納在手中的是扎實的質感。此時，她好像不小心按到了什麼，隨之響起的「漆啪啪啪啪啪啪啪」聲音，讓她不知所措。平坂接過相機，放回架子上。

「根據相關規定，拍照的人並非在下我這個引導者，必須是初江女士自己才行。在下會詢問您對於照相機的喜好，再一起挑選，那方面請您儘管放心。到時候，會盡量挑選初江女士熟悉的機種的。」聽他這麼說，初江鬆了口氣。

「我們能重現的，僅限於照片周遭，待會兒就能回到過去的一天。很遺憾的是，您現在是靈魂，要去的是過去，所以在那邊遇到的人是看不到您的，所以無法與某人交談又或觸碰。我們能做的，就只是去到那裡、觀看，然後拍照。」

「只能看啊。就算遇到父親、母親，或什麼人，也不能說話啊……那總讓人感到悲涼啊。」

初江想起剛剛拿的那台專業數位相機。

「不過最近的相機都好多按鈕，用起來好像很難耶。我還從沒照過這麼重要的照片呢。像我這樣，那什麼重現照片拍得出來嗎？」她感覺憂慮地這麼一問，平坂臉上浮現笑意。

「說實話，在下對於相機也沒有熟到哪裡去。大多都是請來到這裡的人教在下的，然後就這麼慢慢學到了各式各樣的相關知識。」

「是喔～反而是來到這裡的人教平坂先生喔。」

「喜歡教人的人，出奇地多。還有人一教就教個沒完，完全沒有要停下來的意思呢。」

初江笑了。「明明都已經死透了，還會這樣呀。」

「嗯。不過，在下覺得很感激喔。畢竟，因此也學到很多。」

平坂說著，走進器材室。

「那麼，關於實際帶去的相機。這台怎麼樣呢？」平坂一邊遞出一台小相機。

啊～初江發出聲音。「對了、對了，就是這個。我還記得喔。好懷念喔。」

她對那台相機有印象。她對機材並不熟悉，但依稀記得名稱，如果沒記錯的話，應該是一間叫做「佳能（Canon）」的公司的相機。

「太好了。剛剛，有部分照片照到這台相機，所以想說您應該知道這台相機是『佳能 Autoboy』。請摸摸看。您還記得怎麼照嗎？」

她接過相機，東摸摸、西摸摸。

「大概記得，不過全忘了吧。這是要放底片的吧？」

「讓我爲您放好底片吧。至於拍攝方法呢，在這裡，有快門。」

平坂讓她看按鈕。

「請先半按這個快門。」

看她點頭，平坂立刻說：「只要半按，鏡頭就會自動移動到對焦位置。」

「聽說這台照出來的效果好，以前也被專業攝影師做爲備用機使用。又輕又不會失敗，我想是台好相機。」

她有好一會兒又是窺探取景窗，又是嘗試使用方法。就這樣，以前的感覺好像慢慢找回來了。

「這麼輕巧，正好適合拿來時間旅行呢。」初江說完，平坂隨即頷首。

「也祝福您的這段旅程，成爲一段美好的旅程。」

「有沒有掛在脖子上的那種繩子呀？」聽她這麼說，平坂立刻打開櫥櫃，不知道在找什麼。

「您如果有喜歡的顏色……」

「水藍色。」話才說完，一條像是水藍色繩子的東西就被遞到面前。那條繩子，好像是用皮革做成的。

「底片很多，請別害怕失敗，當那幅情景來臨時，請盡情拍攝。我們就從中挑選出最棒的一張洗出來吧。暗房作業，您也看得到，屆時不論是偏愛的亮度或色調等，都請您不要客氣，儘管告訴在下。」

平坂站在純白房間中的門扉前。

「那麼，現在就前往昭和二十四年七月四日，從日出陽光灑落的時間點開始，直到翌日陽光充滿空氣爲止的一天。相機準備好了吧。」

站在一旁的初江也點點頭。

「那麼，我們走吧。前往值得紀念的公車之日。」

平坂開啟門扉。

來到外面了，她心想。

額頭能感覺到風。

平坂與初江不知道什麼時候正走在河堤上。她慌張回頭張望，卻到處不見理應從裡面走出來的門扉。

遠遠那頭，還可以看到讓人懷念的四根鬼煙囪[8]。那是早八百年前就應該已經被完全解體，現在早已不存在的火力發電廠煙囪。當時，是大老遠就能看見的足立象徵。這裡一棟高樓都沒有，道路也都還沒有鋪柏油。河堤也是，好像還沒進行大規模的護岸工程，還是自然的原貌。該有的那

8. 意指東京千住火力發電廠煙囪，根據眺望角度的不同，煙囪數量也會有所變化，因此得名。鬼煙囪後來成為足立區象徵，也因為常出現在日本電影、漫畫或文學作品中，而成為日本人耳熟能詳的存在。

座橋也還沒有，渡河船隻優閒駛過河面。

「眞的是那個時候的風景呢……」初江一說，平坂也環顧四周，然後說：「好美的地方啊。」

早晨舒爽的風吹來。「是啊，以前可能是因爲道路都沒鋪柏油吧，早上就是這麼涼爽呢。哪像現在，一大早就熱氣襲人，要是不開空調甚至還會死人耶。」

天空萬里無雲，可能因爲建築物都很低矮，藍天感覺好遼闊。

「總覺得，空氣也好清澄喔。河水也是，以前是這麼乾淨的呀。」

「還有很多時間，慢慢散個步吧。」

在平坂建議下，初江朝下游方向慢慢走去。

「是啊，就來聊聊過去的回憶吧。該從何說起呢？有好多想說的，但是，您也不太想聽我這種皺巴巴的老太婆話說從前吧，或許會打擾到您吧。」

「不，請務必多說一些。在下對於初江女士以前在這裡是如何生活的，很有興趣。」由於平坂這麼說，她有點害臊地笑了。

「我人生最後的說話對象，就是平坂先生了呢。」

「是的。會變成這樣呢。」

初江視線投向延伸至遠方的河堤，開了口。

……初江道出了這個故事。發生在昭和二十三年東京都足立區，河川圍繞的小町中所發生的故事。

我衝下河堤，一邊拋開日式工作罩衫也脫了鞋。

一跳進水裡，心臟由於寒冷的水溫驟然一緊，像被緊緊攫住一般，但是現在也顧不得自己看起來怎麼樣了。自己從小就只有游泳拿手，爲了避免跳進來的衝勁被削弱，兩隻手臂盡可能迅速伸展。進入鼻腔深處的水帶來刺痛感，在換氣之前雙腿持續踢水，在水中直線游動。嘴巴一出水面隨即吸飽一口氣，然後滑動雙臂、繼續踢水，要更快、更大力。

這幾天的雨，讓高漲的水流加速，一直被斜斜沖去。即便如此，只要一確認額頭直線前方的目標，爲了一口氣縮短距離，雙腳就會更使勁踢水。起初，有什麼掠過中指。在河水沖擊下，抓到的東西好像是衣領。

「振作一點！」

就算想抱住那人往上抬，卻感覺雙臂中的身體癱軟無力，小小的身軀已經完全冰冷，幸好體重還算輕。自己將人夾在腋下，讓人用仰式浮在水面，然後在旁邊一邊游泳，先游到岸邊再說……

往岸上望去，大人好像總算聚了過來，一個接著一個從岸上跳進水裡，想要過來搭救。

後來，繩索終於被拋了過來。一抓住繩索，頓時被一口氣拉上了岸。被拉上來的孩子還小，大概只有三、四歲，沒穿鞋、像棍子一樣的雙腳變得蒼白，感覺不到絲毫血色，人也沒在呼吸。

「有人去叫醫師了。」

「我來做人工呼吸，我懂一點。」

沒想到這麼倒楣，剛學的東西今天就得派上用場。

我使勁全力把氣吹進他嘴裡，小男孩的胸部微幅上升，那是讓人逐漸湧現悲憫情緒的動作。雙手交疊伸向心臟附近，全身重心都放在雙手，一、二、三、一、二、三……

人牆後方傳來「是誰啊」、「一個氣勢洶洶的大姊」、「就那麼跳了進去」，諸如此類各種講東講西的人聲。

我再使勁朝胸口一壓，伴隨著「咳」的聲響，孩子的嘴巴溢出水來。他虛弱地吸兩口氣，哭了起來。孩子被一頭亂髮衝過來的母親一把抱住，與母親一起哇哇大哭，我見狀鬆了口氣，視線對上人群中的孩子。

我可容不得他們移開視線。

「你們這群小鬼！這種日子，小孩子竟敢自己跑到河邊玩！」

我這麼一說，孩子全都低垂著頭。

河邊已經成爲孩子絕佳的遊樂場，冬天抓章魚、夏天就在池裡抓水蠆啦或日本大龍蝨，但是今天河川由於下雨漲水，大人應該都愼重叮嚀過，這種日子不可以接近河邊。

好了、好了，冷靜一點，雖然有人這麼說，但是我可不會就此閉嘴。

「是弟弟自己跟過來的，明明叫他在上面等的。」

「對啊……才覺得奇怪，人怎麼不見了，就掉下去了，就在那邊。」

自己本來是先來看看下一個可能的工作地點，碰巧經過這裡，卻看到有什麼在混濁的河流中載浮載沉。只要想到，要是當時沒看到的話，就覺得膽戰心驚。

「以後下雨過後，只有小孩子的話，不可以到河邊玩，都知道了嗎？」
孩子含糊回答。
「有沒有聽到！」
「有！」
年幼的孩子指向自己鼻子附近，正納悶怎麼了，孩子就說：「鼻水跑出來了喔。」
我慌慌張張用右手擦掉鼻水。
直到此時之前，自己已經打算要拒絕掉這個工作了，這麼遠的町實在來不了，薪水也不划算。從家裡到職場得搭電車換車，橫渡破舊的橋，大老遠跑到這麼不方便的地方來，而且硬體設施也都還不完備。其他還有很多工作機會在招手，應該還有環境更好的職場才對。
我「哈啾」一聲打了一個大噴嚏，鼻水好像又要流出來了。一個不知打哪來的太太，說著「請穿上這個吧」，幫忙拿了乾衣服過來。她數度對我點頭致意。

警察先生這時候總算趕到了。

「謝謝您救人一命，辛苦了。想請教貴姓大名還有年齡。」

「我叫三島初江，今年二十三歲。」

「身爲一位女性，卻可以這麼勇敢，敢跳到這波濤洶湧的河裡，眞不簡單。」

我定定注視警察先生，「孩子是這世上的寶貝。」語畢，警察先生深深點頭。

「您住在這裡嗎？」

「不。」

「那麼，是來工作？」

「嗯。」

從事的是什麼工作……警察先生用彷彿這麼問的神情，望著自己。

「保母[9]。」

「喔。」

「是保母！從後天開始！」

「哈啾」，一打噴嚏，鼻水又流了出來，警察先生借了手帕給我。

在風大到遠處可見的鬼煙囪的煙，都變成完全水平的那一天。我決定在這個町——新野町這裡當保母。

與位於豐島區邊緣，被排除在空襲目標之外的我家不同，新野地區這帶是工業區，所以遭受轟炸機執拗鎖定。被河流圍繞的這個町，據說當時放眼所及，整片燒成廢墟。

戰爭結束的現在，爲了支援國家復興，新野地區搶先一步重建的並非

9. 日本以往對於從事幼兒教育的老師，稱呼「保母」，時至今日改稱為「保育士」，類似台灣的「幼教師」。

住宅，而是工廠。當然，在工廠工作的人數隨之增加，新野地區人口也逐漸攀升。家人變多、孩子變多，爲了餵飽全家，所有人都很拚命。

在戰後混沌的時代中，工作機會本就所剩無幾，失業者也多，運氣好倖存下來的工作地點，遲發薪水是家常便飯。賴以維生的薪水一旦遲發，生活隨即就會陷入困頓。不只是父親，就連帶著幼兒的母親，爲了明天的溫飽，都必須放下幼子，另尋家庭兼差或工作。

兄弟姊妹之中，年長兄姊照顧年幼弟妹是理所當然。話雖如此，畢竟是孩子在照顧孩子，常常發生危險的事情。眞的就是在河裡溺水、傷到了頭又或被車撞之類的……

就算有父母親聯合起來，每天輪流像托兒所那樣照顧孩子，也有其極限，所以當然會出現「還是需要專業幼教人士」的聲音。

因此，「民主保育聯盟」[10]那邊，才會來向我們這種剛考過保母證照考試的菜鳥，徵詢外派意願。問說「要不要去新野町試試看」。據說，製鐵公司會提供閒置空房，做爲暫時園舍。

只是，通勤眞的好遠……必須從豐島區邊緣搭都營電車，從都電車站還必須步行才能到。單程就要耗費一個半小時，所以之前始終意興闌珊。那裡從地圖上看來，是一片被河流圍繞的土地，比起橋梁，渡船好像還比較活躍，而這也是讓人猶豫遲疑的原因之一。

但是，我今天要是拒絕，新野町這裡又得重新開始尋找符合條件的保母了吧。那麼一來，幼兒園的設立又會延遲。在此期間，還是有必須將孩子留在家裡去工作的媽媽，像今天也是，有個孩子差點就溺死了啊。自己工作時，孩子沒人看顧，必須懷抱著「孩子什麼時候會掉進河裡」、「什麼時候會受傷嚴重」等不安工作，將會多麼辛苦啊。

會被捲入這樣的事件也算是種緣分，而且更重要的是，我本來就是個

10. 日本歷史上真實存在過的組織，一九四六年成立、一九五二年解散，目的是在戰後廢墟中重建全新保育（托兒、幼保）設施。在日本保育發展史上，占有一席之地。

樂觀的人，總覺得船到橋頭自然直。事前本來是說「請讓我考慮看看」，後來重新考慮過後，一回去就回答對方「我要做」了。

但是一個考試剛及格的菜鳥，怎麼能如此迅速地敲定工作呢？果然其中還是另有隱情的。

清晨的光線很耀眼。都電「喀噹、喀噹」的搖擺讓人昏昏欲睡。我死命撐開快闔上的眼瞼。由於列車速度變慢，一看外面，已經快到神谷橋站了。

我跟隨著步下都電的人流，走在庚甲通上。自行車小哥輕快地從這條路往前騎去，走在前面的是用兵兒帶[11]背著小嬰兒的母親，我面帶微笑，望著小嬰兒踢動雙腿。越過他們時往那邊一看，只見小嬰兒似乎在意些什麼，專注仰望上方。人行道立著好幾根高柱，每個看板都寫著斗大的名字，小嬰兒好像就是在看那個。那是出馬競選的候選人立架看板。

人行道鋪著整齊排列的四方形磚塊，到處都覆蓋著一層薄薄的塵土。我用力踩在那四方形上，穩穩往前邁進。一陣風吹來，塵埃隨之飛揚，我瞇起雙眼做爲因應。

瞄了眼計程車上起跳價格「八十圓」的標示，覺得反正與我無關，隨即移開了視線。我邁開大步，急忙走到新野橋。木造的新野橋，是一條走在上面木棧板到處都會吱吱作響，從縫隙還能看到水流的破橋。

暫時園舍在「民主保育聯盟」居中協調下，借用製鐵公司的空房使用。那個空房位於製鐵公司東棟二樓，用木板搭成、空無一物，空間大概足以讓所有學童肩併著肩，圍一個圈圈。目前比較困擾的是什麼教具都沒有，不過沒有教具，也有沒有教具的做法，我打算多下點工夫克服。

開始嘗試幼教工作後，孩子的想像力讓人驚嘆，例如一條風呂巾就能

11. 原為日本男性的和服腰帶，演變至今，也用於女性浴衣等輕便和服。材質較軟，穿著起來較為輕鬆。

變成大海，有時是大雨，還可能變成房子。更重要的是，看著孩子一天一天持續成長很有意思。身形的成長也是，像是之前原本做不到的，現在已經做得到了，孩子就這樣以成人想像不到的速度，每一天都在持續變化。因爲我們是兩個人照顧二十三個孩子，雖然忙得不可開交，卻也很充實。

我只希望，孩子的一天多少能變成更好的一天，同時別漏看了屬於那個孩子的獨特長處。

我們在晴朗的日子，會借用公司占地一角做爲運動場。

「好恐怖喔，我不要」，聽到有孩子這麼說，其他孩子就一邊指導說「繩子轉到這邊的時候，就要跳喔」、「不對啦，是到那邊的時候才跳喔」，似乎吵了起來。還有孩子得意洋洋地主張說：「我來轉繩子，也沒問題喔！」一根平凡的長繩子，也這麼好玩。

「那麼，老師會慢慢轉動繩子喔。」我這麼一說，大家全都欣喜尖叫。「老師，圈圈要轉大一點喔」、「要慢慢的喔」，紛紛發出這樣的聲音。

那時候的營運費用也很吃緊，雖說是點心，充其量也只能給每個孩子一顆糖球，但是只要點心時間一到，孩子還是欣喜若狂。

起初，是紙張。

夾在房門縫隙的紙張上面，只寫著四個字「吵死人了」。那是以女性的娟秀文字寫成，總讓人覺得奇怪。什麼東西啊，我心想，然後就放著不管。

因爲，本以爲是小孩子的某種惡作劇。

隔天，被塞在門縫裡對折兩次的半紙[12]上，就像書法練習似地寫著「吵死人了」。文字中的怒氣增加了。特別是「吵死人了」的「了」，甚至讓人覺得都因爲怒火而亂噴了。我找出借設備的公司相關人員商量，對方就

12. 日本練習書法用的和紙，尺寸多半為寬二十四到二十六公分，長三十二到三十五公分。

說：「啊……這個，大概是對面的夫人吧。」從對方語氣，就能聽出那位夫人，是個滿棘手的麻煩人物。不過，我就連一張紙都很珍惜，爲了待會兒請人將廢紙拿去回收時能換到好價錢，姑且將這張紙好好壓平。

孩子在玩耍時，從來不曾胡亂大呼小叫，對我而言，從來沒有過「吵死人了」這樣的認知。完全都在一般常識範圍之內。唱歌時間也是，我們又不是說有鋼琴或風琴，所以應該也不會吵到讓鄰居抱怨。

既然覺得「吵死人了」，那在「吵死人了」的時候過來說就好，從像這樣事後才特地寫在紙上的心理狀態看來，怒火的炙熱程度感覺很高昂，讓人心生畏懼。能聽到聲音的範圍內，就只有一戶民宅，匿名寫在紙上，立刻就知道是誰了。

不久後，抱怨好像終於直接衝著場地出借方的公司那邊去了。

綜合各種傳言得知，對面好像住著一位神經纖細的年輕夫人，孩子的聲音從那屋裡聽來格外響亮。據說屋主是自古定居本地的有力人士，所以我把晚班託另一位老師負責，想說先去道歉再說。只要能向對方直接說明，應該就能理解我們。

這附近以前由於空襲，照理說應該都曾被燒成一片廢墟。那房屋歷經空襲大火，仍然逃過了一劫，是棟擁有土藏[13]倉庫，感覺大有來頭的房子。大門口斜斜爬行生長的松樹也很出色，門牌上寫著「久野」。

「不好意思。」我向玄關一出聲，一位像是幫傭的年長女人走了出來。

「我是對面幼兒園的保母——三島初江。不好意思，想跟您們的夫人打聲招呼。」

「請稍候，」她進去後立刻又出來，滿臉愧疚地說：「夫人不見您。」

「因爲聽說她嫌我們吵，所以想來道歉的。」我一說完，幫傭又退回屋裡。

13. 日本於木造骨架或外牆塗抹白色灰泥的傳統防火建築。

然後，她又走出來說：「夫人說，請您們立刻安靜。」

想到幫傭走出來的速度這麼快，不論怎麼看，都能判斷夫人就在裡面的房裡。感覺手腳因緊張瞬間冰冷，但是一股怒意卻隨即直衝腦門。說到底，這毫無用處的傳話遊戲到底是什麼玩意兒。也有些事，是不直接面對面就無法傳達的吧。

「不好意～思！不好意～思！眞的！非常！抱歉！我是對面～！幼兒園的～！」

我在玄關口，嘗試對裡面出聲。總之，要是不見上一面，事情是不會有任何進展的。我將雙手反背在腰後，稍微挺起上半身。這麼一來，就能很宏亮地發聲，這是我在校友會活動學到的。

一臉心不甘情不願走出來的夫人，穿著一身時髦洋裝。原來如此，是位纖細的夫人，神經感覺也很纖細。美則美矣，卻像一條拉得過緊的線，整個人感覺非常用力緊繃。她先從上到下將我打量一番，就像在鑑價似的。

她一路看到腳底，隨即又往上掃視，見她不發一語，我正想說出道歉的語句，立刻就被怒吼：「吵死人了啦！」

我與夫人的視線對撞，夾在中間的幫傭怯生生地來回看看我這邊、看看她那邊。

「是覺得孩子的聲音刺耳嗎？眞的很抱歉。」

「反正就是吵死人了，眞的好煩。」

「我們今後也會注意的，不知道您能不能原諒我們呢。我也瞭解，說出這種話非常冒昧，但是孩子需要一個能進行幼教的地方。」

「幼教，」夫人沉默了。「幼教啊……」

「嗯，幼教。孩子是這世上的寶貝，爲了讓孩子健康成長，需要幼教場所。孩子會一天一天成長。透過手部遊戲或團體遊戲，就能幫助孩子的成長……」

「妳未婚？」

劈頭就被這麼問。

「是的。」

「一直在那邊幼教、幼教的，不過就是顧小孩吧。還講得一副很了不起的樣子。」

面頰周遭因怒火攻心而僵硬，我的確未婚。

「明明未婚、沒小孩，妳這種人懂什麼養兒育女啊？」

這可能，就是夫人日復一日望著幼兒園，持續在內心琢磨的話語吧。

「總之，請你們安靜。我想說的，就只有這樣。」回去時，還被她說了這麼一句：「還有妳的歌，最後的部分差了半個音階，眞的很讓人受不了。」

回程時，碰到孩子大概正好從河堤散步回來，也要回去吧，一個個喊著：「老師！」圍了過來。

我立刻擠出笑容，試著問：「你們在河堤上找到了什麼蟲呀？」所有人異口同聲叫道：「蚱蜢！」「金龜子！」我怕聲音太大，一望向那棟宅邸，窗戶發出「啪嚓」的尖銳聲音被一把關上。

在那之後，我都很注意，外出玩耍時盡量去遠一點的地方，或是緊閉窗戶；要是孩子太吵，就會引導他們玩手部遊戲或畫畫。雖然都很注意，那一天卻突然降臨。

出借場地的製鐵公司說，不能再借場地給這個幼兒園了。他們不願透露詳情，但是好像有人背地裡用了某種方法出手運作。

我本來還覺得怎麼可能，結果對方竟然要求我們下週一前就要清走所有物品，離開這裡。倉皇失措的，是家長。在這個新野區，也沒有其他建築物能做爲幼兒園。要是從下週開始，孩子突然無處可去了，所有一切都會一團亂的。家長會幹部的坂井田太太因此召集家長，召開緊急會議。只要是會議主持，這位坂井田太太絕對會攬下主導角色，然而面對毫無進展的討論，就連坂井田太太的聲音也開始焦慮起來。

最後大家決定，從下週開始，下雨的話，就勉強清空某位家長自家一個房間使用。

晴天的話……就在河堤上進行幼教活動。

雨水從破舊的雨傘滲漏，將雨傘轉到不會影響行走的傘面這邊，已經變成稀鬆平常。這個新野區，雖說一方面是因爲被河水圍繞，不過地勢本身就低，只要一下雨，所有道路都一定會形成巨大水窪。由於地面變得泥濘不堪，鞋子也一定會沾滿泥巴，一回家，就必須先洗鞋子才行。明明是小心再小心的，飛濺上來的泥水還是會讓衣服慘不忍睹。

回到家時，周遭夜色深沉，小巷裡漆黑一片。拉開裝設有問題、無法順暢開關的大門，我收起傘，把鞋子放進臉盆。肚子餓得不得了。現在，弟妹都已經熟睡了。

母親從飯桶舀飯，添了滿滿一碗，一邊說：「妳眞是的，怎麼會每一天都做到這麼晚呢？」
我跪坐在矮桌前，然後說：「開動了。」
漬菜被粗魯地擺上桌。
「去辭了吧，那個保母的工作。也沒必要爲他們拚成這樣吧。從下週開始，別說房間了，連個屋頂都沒有，根本就是亂來啊。這是把人當笨蛋嘛。」
另一位老師，也趁這個機會辭職了。
「可是，要是我現在也辭了，孩子們要怎麼辦？」
「總會有辦法的啦。他們一直以來，不是總找得到辦法嗎？」
「但是孩子的幼教……」
「初江妳也沒必要負這麼大的責任啦。單純就是一份工作而已。」
「可是……」
「沒有可是。薪水也是，這個月不是還沒領到嗎？」

沒錯。一般都是分期付，不過就連分期，也曾拖好幾週才發。這次也已經晚三週了。

「換去能穩定發薪水的地方工作，設施好一點的地方多的是吧。要在河堤草地上照顧孩子，實在是……」

也沒必要為他們拚成這樣吧，母親常常這麼說。

我總在天色漆黑時才回到家，吃過飯、準備明天的教具後，就會像昏迷一般立刻睡死，但是都很淺眠。

夫人當時放出的利刃，總讓我胸口持續隱隱刺痛。

——不過就是顧小孩吧——

聽到這句話，就連自己都無法回嘴，這也是現今保母處境的問題。我自認以專業幼教人員自居，拚勁全力思索如何確保孩子安全、適合幼兒發展的課程設計等，並以此為榮。然而現在的狀況，就是沒有一個確立完成的幼兒園，園舍是暫時性的，不論組織或給薪體系一切全都是急就章湊出來的。之前負責處理會計的老師已經不在了。從今往後，要靠自己一個人勉強撐起幼兒園的營運。

現在，有好好繳納幼教費的家長，只剩半數以下。這個月是真的很緊，但是只要有家長低頭對我說「真的非常抱歉」，我就沒辦法再強硬多說些什麼。開始這份幼教工作後，我從來沒能在天黑前回到家。畢竟是才剛起步，草創初期的團體，我真的沒辦法強硬地說些什麼，只是半個月以上處於無薪狀態，真的、真的很辛苦。

不過就是一把雨傘而已，我也想買新的。儘管這麼想，還是沒辦法換把新的，只能一直用破雨傘。

還有不論等到幾點都不來接孩子的家長，自己先吃晚餐也說不過去，還會把蒸糕之類的分一半給孩子，一起吃。像這種預期之外的支出重複幾次，金額一點一滴累積下來，也是一筆可觀的數字。儘管如此，要去跟人家要求「請支付一半蒸糕的錢」，我實在是說不出口。

在這種情況下還能持續做下去，肯定是因爲我對於「保母」的工作懷抱自豪就是了……

如果說，託付孩子的家長也覺得只是單純「顧小孩」的話，如果他們認爲，付的不是幼教費，而是單純顧小孩的小費的話。

感覺當初入行時的雄心壯志，已經開始變得千瘡百孔了。

製鐵公司之前出借的那個房間，只能用到今天爲止。我在窗邊注意外面情況，一邊處理文書工作。我是在等夫人出門。我知道每週固定這一天，夫人會走到路上來，搭計程車到什麼地方去。

我將孩子託給另一位老師，一走近夫人，她就將包包抱在胸前，稍微後退。看來像是害怕我會正面對她說些什麼。負責管理這家公司占地範圍的，就是久野家。這個幼教場所保不住，肯定是夫人從中運作的緣故。

「夫人，平日承蒙多方關照。」

我低下頭。

「幼兒園一直以來的噪音問題，造成您的各種困擾，真的非常抱歉。」

夫人直到剛剛還是一副即將受斬之人的表情，看我這麼一道歉，感覺似乎搞不清楚狀況。

「但是，總有一天，我一定會在這個新野町打造出像樣的幼兒園讓您瞧瞧。」

夫人目不轉睛地凝視我。

「那會是一間連夫人的孩子，也會想交託給我們的幼兒園。」

我留下沉默不語的夫人，再次低頭致意。

「告辭。」

我直接朝幼兒園房間的方向邁出步伐。

一回到房間，孩子正在各自玩耍。那裡在玩扮家家，這裡在玩打陀螺。

不經意往桌上一看，那裡放著一張寫有「三島老師」的紙，還有畫著圓圓大眼睛的肖像畫。由於是用鉛筆用力畫出來的，所以也清晰印出桌面木紋，線條有點歪七扭八的。畫中人的臉龐、鼻子或眼睛全都圓圓的，特徵都有抓到耶，我想。那張臉旁邊，還裝飾著五、六個我在玩接龍時碰到「羊」這個字，絕對會說出口而且很喜歡的羊羹。

我，不會輸的。

今天好像會變熱。

走過新野橋，爬上河堤，斜眼一瞥是草坪上整片隨風搖曳的蘆葦。遙遠的路途，讓手心冒汗。我手裡拿的是孩子最愛的「紙芝居」[14]。

大概是看到我從河堤走過去，孩子迫不及待似地嚷著「三～島～老～師！」一邊蹦蹦跳跳過來。

大家先手牽手，在河堤上散步。等到時機成熟，就讓孩子坐在草地上，用口琴伴奏唱歌。「把番茄，放進麥桿帽子裡」，孩子將這句歌詞裡的「番茄」換成自己喜歡的水果一唱，大家都笑了。我也在唱的時候，換成自己喜歡的「羊羹」。

唱完歌，可能抓抓蟲、玩葉子或做花圈。孩子活力十足的聲音，彷彿全被吸進了藍天。

儘管如此，一個老師在河堤獨自照顧孩子，無論如何也太辛苦了，安全層面也讓人擔憂，所以家長會挺身而出，組織有空的爸爸或媽媽也一起看顧孩子。

下雨天，就去某家長府上叨擾，讓我在那裡進行幼保工作。

我只要與家長打照面，一定會討論園舍問題。就算是暫時性的，借用也好，至少想要有個遮風避雨的園舍。但是不論我多渴望有一間園舍，在那個全國致力投入戰後復興，缺乏物資的時代，新鈔轉換也造成嚴重通膨，

14. 也就是「紙戲」。在小型紙製舞台上，利用一張又一張的繪畫對兒童說故事的表演形式。

木材等資材完全供不應求。

就算有資材，黑市流通的木材也早已暴漲到荒唐的價格。我雖然抬頭挺胸對夫人宣示「總有一天會打造出幼兒園讓您瞧瞧」，實際在工作的自己卻再清楚不過，什麼幼兒園根本就是春秋大夢。政府的相關核准都還沒下來的小小幼兒園，就連薪水也還是一直遲發。

時序進入梅雨季，雨水害我們去不了河堤，所以每天都借用家長自宅的一個房間，持續幼教工作。

房間大小讓我連要避開孩子走路都得費一番工夫，被年幼的孩子塞得滿滿的。我環視人滿爲患的房間，心想「越是這種時候，越要咬牙撐過去」。總有一天，或許能借到某處的房間使用。雖然，不知道那個「總有一天」是哪一天，而自己能忍受這種狀況到什麼時候也不知道。總之，只能竭盡全力撐過每一天。

我是事後才得知，夫人因爲沒有孩子，持續遭受婆婆責怪。「明明就沒有小孩，到底懂什麼啊……」那把對我射出的利刃，一定也是長年持續傷害夫人的同把利刃吧。

梅雨季的那一天，天氣很糟糕，潮溼微溫的空氣，彷彿包裹著肌膚。那天從一大早就吹著奇怪的風。據說中午會開始下雨，於是我們移動到房內，在那裡看顧孩子。

我們在地上滾來滾去，有時玩玩娃娃，當時還心想，感覺慵懶的孩子還眞多啊。

「老師，我愛睏。」我將手放到這麼說出口的孩子額頭上，很明顯已經發燒。也有其他孩子身體不舒服，所以懷疑是不是有感冒什麼的在流行啊。

來接人的媽媽也說：「是不是有什麼腸胃型感冒在流行呢？」一邊背著孩子回家去。我直到當時，也是那麼想的。

送走所有孩子，謝過房間主人正準備回家時。出借場所的那家太太，神色大變地過來找我。我那時候還在想，話說回來，這兩、三天怎麼都沒看到這家爺爺。據說之前是身體不舒服在休養，今天到醫院接受了檢查。

……結果是赤痢。

孩子借用的廁所，正是爺爺平常使用的廁所。

所謂的「赤痢」，發病時會先發燒，接著會連續好幾天劇烈腹痛、下痢、血便。是種據說區區十個細菌入侵體內，就會感染的可怕傳染病。特別是幼兒很容易重症化，最終死亡的情況也不在少數。一旦出現患者，就可能瞬間在孩子之間傳染開來。

治療疫苗，目前還沒有。

想到「那孩子的發燒該不會是……」，我也顧不了有沒有好好道謝，直接衝了出去。我先去知會家長會的所有幹部，再請他們聯絡所有父母。

出現症狀的學生有七名。家長抱著虛弱呻吟的孩子，跑在河堤上，而我也跟在家長後面。

七名學生中，大班兩個男孩的症狀特別嚴重。都已經是片刻不能移開視線的危險狀態。而且消息傳來說，另外陸續出現了身體出問題的孩子。

「眞的非常抱歉……」撐在醫院地板上的手感覺冷冰冰的，就算聽到「老師，好了別這樣」的聲音，我還是無法起身。

只要想到「孩子可能會死」，就會懊惱地覺得，爲什麼被傳染到的不是大人的自己。

首批孩子住院後，隔天早上又有十名分三批住院，再隔一天有兩名孩子被送進醫院，至此已經演變成將近半數學生，總計十九名學生住院的嚴重事件。

後來當我聽說病危的兩個男孩，幸運脫離險境時，心頭大石頭隨即放下，全身立刻虛弱無力，癱坐在椅子上。自己並沒有出現症狀。但是，如果那些身體免疫機能虛弱的小小孩也感染到的話呢？

只要想到這裡，我就嚇得要死，事到如今，也只能祈禱了。

白天我幫忙出借場地的人家還有患者家庭大消毒，另外家人與學生也做了糞便檢查。保健所與町內會總動員，組織起該事件的因應體制。

陪同消毒、探病，輪流探視孩子。我幾乎都沒回家，忙著處理善後。

「老師您臉色很不好耶，請稍微睡一下。」就算人家這麼勸我，我實在沒辦法在家悠哉睡大頭覺。休息的當下，我教的哪個孩子會不會就這麼死了……只要一想到這裡，就會害怕自己毫無行動。

感染到赤痢的孩子，好像僅限於使用過廁所的孩子。身軀還小的小班是用便盆，沒有去用廁所，這或許是不幸中的大幸。

在孩子住院的一個月之間，幼兒園都休息。

因赤痢住院必須住進隔離病棟，就連家人都無法自由探病。在那期間，我每天都帶著手寫信與玩具到醫院去。

脫離險境的孩子好像自己決定出了病房值日生，乖巧地度過住院生活，據說還被稱讚「比大人住的病房乾淨多了呢」。

探病回程，有人說著：「這是孩子們要給您的。」遞來一張對折兩次的手寫信，我打開閱讀。

——三島老師，跟妳說喔，回去的時候，很黑要小心喔。小心車子喔。

信上還畫著好多羊羹。

感覺眼前光線暈染開來，眞是沒辦法，我用袖口抹了抹雙眼。

戰後有超過兩萬人死於赤痢，而學生中連一位死者都沒有，那眞是個奇蹟。

就在我打算重新恢復幼教工作時，得知家長召開了緊急會議，據說是家長會幹部——坂井田太太又召集所有家長。我走向會場的公民會館，腳步異常沉重。

既然發生了赤痢事件那種嚴重禍事，現在所舉行的會談也不可能愉快到哪裡去。

就算是保母，還是會有合得來與合不來的人，雖然已經盡量避免表現出來，但是這位坂井田太太，是我覺得最難應付的家長。

比起個子小的父親，這位大塊頭的母親更具有發言權。夫妻倆在母親主導下拓展廣告事業，是新野地區的成功人士。她的個人氛圍就像是南國華麗的鳥兒，頻頻開口說話、動個不停。平常就有很多偏菁英感的言行，不論說什麼，都會加上一句「我在女校裡所學習到的……」的枕詞[15]，動不動就會開始發表長篇教育理論，是個讓人有點棘手的媽媽。她似乎也覺得有必要指導年輕不可靠的菜鳥我。

她好像也會嚴格督促孩子的讀寫，常會提供「老師，幼教要不要納入論語呢」等意見，這也讓我很困擾。我的想法是，孩子是透過玩耍學習事物道理的，教科書方面的學習，應該等基礎打好了以後再說。「啊呀，老師還眞是蒙特梭利派呀」，每當她這樣說著呵呵發笑時，我也覺得很難招架。

在座無虛席、密密麻麻擠滿家長的會場中，我走到眾人面前，深深一鞠躬。呼吸變得急促。

接下來都不知道會被如何聲討。如果可以的話，只希望能再多一點時間，至少想看到孩子成長到進入學校就讀。

現在很會跳繩的小茉莉、能在單槓上轉圈得意洋洋的阿剛、最會畫電車的阿漣……孩子的臉龐一張張浮現心頭。

我明白，所有家長正專注凝視著我，感覺好像要窒息了。

「此次，給大家添麻煩了。雖然說孩子全都平安無事，但是發生了此等禍事，還是必須向大家致上歉意。」

現場鴉雀無聲。我害怕到不敢將低垂的頭抬起。

15. 主要出現於日本和歌中的修辭，置於句首發揮調整語調、增添情緒的作用，不過本身卻沒有什麼具體的實質意涵。

「老師的部分就到此爲止。辛苦您了。今天召集大家，也是因爲這個主題。」

坂井田太太接著說下去。

「請大家稍微思考看看。假設，現在在場的各位，錢包被偷了一千圓，感覺怎麼樣呢？」

家長是因爲無法判讀這話的走向嗎，全都一臉納悶、沉默不語。我也一樣。

坂井田太太環視室內，點了點頭。

「會生氣吧，這也是理所當然的啊。這是小偷的行爲吧。」

難不成在赤痢之後，又發生什麼竊盜糾紛了嗎，我這麼想，摸不著頭緒。

「如果大家知道，這裡有人遭受了這樣的事情，各位以爲如何？」

室內一片寂靜。

「老師。」

我想說「是的」，但是一時口齒不清，聲音分岔，說成了「吸的」。

「老師，聽說您的薪水始終是遲發或分期發，而且五月還有六月份的薪水也都還沒有結清，這是眞的嗎？」

「不……但是，沒關係的。錢，有……有的時候再給，之後再給也完全，沒關係的。」

我不知所措，自己都不知道自己在說些什麼了。

「老師？」

那聲音冰冷。來了，坂井田太太的恐怖凝視。

「老師，您是否會錯意了什麼呢？」

「會錯意嗎？不，我也不是說薪水，特別……」

「您聽好了，老師。老師並沒有獲得應該領取的酬勞。這跟錢從錢包裡被偷走，並沒有兩樣。這是勞動力的壓榨。壓榨！」

身上冒出奇怪的汗水。「ㄧㄚ ㄓㄚˋ」是什麼，我心想。我花了一點時間，才想出這兩個字的含意。

「壓榨嗎……不，我只是覺得，能陪著孩子成長很快樂而已。」

「在座的各位，有經營魚店也有豆腐店的人吧，賣掉一個，就有錢進來，這是理所當然。那麼，幼教呢？所以是覺得，只有幼教這樣的工作，沒錢進來也是沒關係的囉？」

「可是，大家都是……那個，也有辛苦的家庭。」

「拿不出來的家庭，眞拿不出來也沒辦法。然而，我認爲這樣的狀態是很嚴重的問題。我們不但沒有一個讓寶貝孩子棲身的園舍，對於指導孩子的老師則是沒給錢，對於這樣的現狀，我們這些家長還能抬頭挺胸地自稱家長嗎！」

坂井田太太的煽動，讓我感到眼前慢慢變得漆黑。

「不，那個，我眞的不要緊啦！」

「懇請老師別會錯意了，」坂井田太太的聲音益發冰冷。「就算老師您不要緊，那麼之後進來的老師呢？老師您本身有拚勁，那實在是，實～在～是再好不過了。只是，單純憑藉老師您一人的拚勁，持續被壓榨的現況，能培養出後進嗎？在此情況下，之後還能抬頭挺胸地說『保母』是份具備專業性的工作嗎？」

讓人恐懼的寂靜。

「今後，懇請大家絕對不要延遲支付幼教費用。還有一點。」

「咚」的聲響隨之響起，原來是坂井田太太用力跺了腳。

「打造我們幼兒園的園舍。」

現場開始嘈雜了起來。「說這什麼話，錢呢」、「已經擠不出錢來了」等，負面語句傳了過來。大家為了生活，都已經拚盡全力了。想籌募資金打造園舍，是不切實際的。

「那麼，請大家看看我的提案。」

坂井田太太將捲好帶來的紙張，唰的一聲攤開。

——Beer Hall．大夜市計畫——

「沒錢，也是可以提供勞力的。所以就算沒能力捐款，各家庭就在本身能力範圍內動動身體如何？用不到的東西提供給二手市場拍賣，就能轉化成金錢。請大家鼎力相助。」

全場同時爆出一陣騷動。所有人都一樣生活困苦，心情上也沒有這種閒情逸致。

大家肅靜！坂井田太太提高音量。

「所以大家的意思是，就這樣在沒有園舍的情況下，放任孩子在外面隨便自己玩囉？至少需要一個遮風避雨的園舍，不是嗎？這是爲了我們自己的孩子！難道不是嗎？老師。」話題突然間轉到我身上來。

「啊，是的，如果能辦那樣的活動，我也會盡全力幫忙的。孩子是這世上的寶貝。希望多少能爲孩子多做點事情，希望能爲他們營造一個好環境。」
零零落落的鼓掌聲，不知不覺變成全場拍手。我持續低垂著頭。
回去時，我出聲對坂井田太太說。
「那個，謝謝您。」
「道什麼謝啊。我並不是特別想要幫助老師您。只是覺得，應該支付的費用就必須支付而已。就經濟活動的立場而言，這是天經地義的。」
啊～好難纏的人呀，心裡雖然這麼想，還是很開心。
「而且也不知道這個計畫能不能順利推動。」
坂井田太太望向我。「但是，人生如果連豪賭一把的勇氣都沒有，實在讓人昏昏欲睡，怎麼受得了啊。」說完就回去了。
之後，常延遲的幼教費薪水，變成幾乎如期支付。薪水本身也稍微調漲，讓人滿懷感激。到處破洞的雨傘，總算能換新的了。
那次會談，或許是家長意識改變的分水嶺。而我自己，對於保母這份工作的意識好像也因此改變了。

神社占地範圍內的空地一點亮燈光，完全就像是祭典之夜了。用兩輪拖車載來的冰淇淋前面形成人龍，「要幫我裝很多喔。」排前面的男孩出聲這麼說。一打開沉重的圓桶蓋，裡面塞滿了淡黃色冰淇淋，看來實在美味。綁著麻花纏頭繩的大叔用圓形器具將冰淇淋舀出來，放到餅杯上。「別掉了喔。」

大叔注意到我，笑說：「老師也來一個，如何？」為了讓幼兒園擁有園舍，這位是來幫忙的左鄰右舍。

就在冰淇淋旁邊，隨著「啾」的一聲，豬肉在鐵板上被攤開，從中冒出宜人香氣。爸爸們手腳俐落地加入高麗菜，開始翻炒。大概是聞香而來的吧，鐵板前也站著迫不及待似的一群孩子。他們將麵炒散，最後淋上醬汁並撒上海苔粉做為收尾，美味的日式炒麵大功告成。炒好當下，前面已經出現一條長長的隊伍。

那邊用不到的物品拿來賣的二手市場也是，擅長縫紉的媽媽所縫製的童裝，接二連三成交。

夏日的這場大夜市盛況空前。「烤雞！來串烤雞怎麼樣！」「啤酒在這邊！」的吆喝聲此起彼落。

町內居民也像朝光亮聚集似地絡繹不絕，拿著啤酒乾杯。旁邊的孩子也正在玩仙貝抽抽樂[16]。放在角落的募款箱，接二連三被人投錢進去。

雖然大夜市非常成功，但是募集到的金額離籌建園舍還有一大段距離。做爲資材的木材本身都沒有了，要是想使用氾濫的黑市資材，價錢又高得嚇人。那麼一來，就連打造園舍玄關都有困難吧。首要的問題是，遠比資材還花錢的土地，現在根本毫無著落。

16. 日本廟會的抽獎遊戲，付費抽獎，能獲得片數不等的仙貝當獎品。

平坂與初江坐在一個小公園的長椅上。蟬鳴響徹四周。只要有一隻開始叫，其他蟬就會受到牽引似地也跟著開始叫。蟬本身當然不可能知道，自己在地底度過漫長時間後，還沒見到下個夏天就會死亡的生命有多短暫。這或許也很像驀然回首，彷彿一眨眼就過完的人生，她心想。初江凝視自己的手。

傾聽初江的平坂，似乎在意故事後面的發展。

「籌建園舍的錢，不夠啊。」

「是呀，光靠一天的祭典，能籌措到的錢實在杯水車薪呢。而且，當時木材的價格又漲得好高，所以只好放棄籌建園舍了。」

「原來是這樣啊……那眞令人遺憾呢。」

平坂的神情蒙上一層陰霾。

「可是啊，」初江一站起來，脖子上的照相機隨之搖晃。「差不多了吧，來，平坂先生也起來、起來囉。」

陰天的河堤上，吹著微溫的風。初江將手搭在眼睛上方，專注凝視前方。

「來了、來了，看吶，你看看那邊。」

那邊傳來「嘿咻、嘿咻」的吆喝聲，還有「咚、咚、咚」的太鼓聲。另外也有孩子的歡呼聲。

慢慢可以看到拉著繩索的人，那彷彿拖著祭典山車的身影。

他們拖的是——一輛大公車。

所有人都拖著粗繩，從背上綁著小嬰兒的媽媽，乃至於穿著過膝褲的爸爸，將日式烹飪圍裙衣袖捲起的媽媽，各式各樣的人以各隨己意的裝扮，拚命拖著繩索。孩子也拖著繩索，小小孩就在路旁聲援。

地面好像開始出現斜度，嬌小的女人們也脹紅了臉。

「你看，那邊那個是我喔，滿臉通紅的呢，還咬緊牙關，變得好像酸梅。」

「咚、咚、咚」的太鼓聲益發響亮。

「雖然買不起園舍，不過買得起運輸局拍賣的都營公車報廢車。土地方面，也在河堤下的空地那邊，借到了好地方。」

天空突然像是從邊緣開始變暗一樣，逐漸蒙上陰霾。

雨「滴答、滴答」開始落下，是雷陣雨，就連望著公車的初江，也確實擁有碰到雨滴的觸感。相機大概不能被雨淋到吧，她將相機藏入懷中。正覺得雨滴的觸感怎麼沒了，原來是平坂周到地拿出折傘，爲自己打傘。在人生的最後，與這位小哥同撐一把傘呀，她心想。

「這本來就是報廢車了，結果引擎中途也故障了。原本也可以調重機具來拖，只是我們連那筆錢都沒有，只好靠人力了呢。」

雨滴「啪啦、啪啦」打在傘面上。

雨聲響亮。「老師，怎麼辦！」

「快到了！不好意思～！就這樣繼續～！我們走！」

耳邊傳來高昂聲響，雨勢立即轉爲滂沱大雨，所有人都被淋成了落湯雞，即便如此，還是堅持拖著繩索。即將進入河堤下方空地前，有段小小斜坡，耗了不少時間。在雨中，所有人慢慢被沾了滿身泥巴。在定位之前，他們持續進行微調。

剛剛那似乎是驟雨，現在天空上開始隨處可見雲層縫隙。

「用公車當園舍的幼兒園上路囉，我是那裡的首任園長。」

光線斜斜射下。

「七十年後的現在，已經變成一棟鋼筋混凝土的三層樓園舍了呢。起初就是從一台公車開始的。」

年輕的初江園長，直挺挺地站到公車正面。

「設置完成！大家，謝謝！」

圍繞公車的人群歡聲雷動，孩子彷彿完全不在乎地上的水窪似地東奔西跑。要是平常可能會挨罵的，但是現在所有人都已經是落湯雞了。

「啊呀～大家都淋成落湯雞了呢。我自己也搞不清楚，身上的是汗還是泥巴了呢。」

她說著舉起相機。

「但是，表情好棒喔。」

初江將公車與所有人，納入取景窗方框之中。她暫且用衣袖擦擦眼頭，隨即問：「快門是這裡吧。」

「是的，就是這裡。」

平坂用手指指出來。初江像是想確認那小小的突起，用手指嘗試摸索。一半按快門，響起鏡頭拉伸的聲響。

「佳能Autoboy」發出「喀嚓」一聲小小的快門聲。

初江逕自走在雨剛停歇的河堤上。地面掛著好幾顆閃耀雨滴的草葉旁，出其不意地蹦出青蛙。是自己多心了吧，感覺青蛙似乎有點在意這邊。牠跳過腳邊，然後又回到茂密草叢中。

吹過河堤的風很舒服。

平坂露出「那麼，差不多該走了」的表情。

「平坂先生，如果可以的話，反正都來了，就這樣一直散步到傍晚怎麼樣呢？」她試著邀約。

像這樣一看，不論是風，甚至是那附近的雜草都讓人依依不捨。

遠方可以看到那四根鬼煙囪。

「自從公車成爲園舍以後，雨天在公車裡可熱鬧呢。我們將座椅當作桌子，將手拉環當作遊具。雖然空間狹窄窘迫，不過有了屋頂，大家都好高興。覺得，終於有了屬於自己的園舍了。」

一陣風吹來，讓初江瞇起雙眼。

「在那之後，大家每年都很勤快地舉辦大夜市啦、二手拍賣市場啦，甚至爲了加工收集來的衣服，成立了縫紉部，就那麼一點一滴地攢錢，再來就從公車好不容易興建了木造園舍。」

「大家引頸期盼的木造園舍呀。那太棒了。」

「還蓋了一個漂亮的大廳呢。大廳完成後，玩遊戲之類的，做起來也容易多了。所以，就開始想說，下次好想買台盼望已久的鋼琴喔。」

「鋼琴嗎？」

「鋼琴在那個時候，也是很貴的。所以，大家都認爲，暫時是買不起鋼琴的吧。」

「這樣啊……」

「我們那時候也持續爲了鋼琴存錢，後來對外募捐，捐款名冊上出現了某個人的名字喔。平坂先生，您覺得是誰？」

平坂陷入了沉思。看他好像找不到答案，所以決定對他說出答案。

「夫人。」

「您所說的夫人，是那位寫下『吵死人了』，把學生趕走的夫人？」

「對、對，大概是想彌補當時的罪過吧。據說她甚至還動用人脈關係背地裡交涉，讓我們能以便宜價格買到最棒的鋼琴呢。我是在事過境遷好久之後才聽說的。唉，不過這或許是很有夫人本色的諷刺吧，希望我的音準能因此變好一點。」

兩人一望向河川，就看到船隻往下流駛去。船隻通過後，波浪描繪出好幾條線條。那波浪沐浴在夕陽下，閃閃發亮。兩人專注凝視著波浪，直到波浪消失。

意識突然間一個閃神，她發現自己已經回到照相館的白色房間。背後的門，已經關上。

「初江女士，麻煩繼續選定剩下的照片，我先處理底片顯影。」

器材室旁邊好像是用來當暗房的，平坂一打開門，就看到約兩坪大的房裡有散發奇妙紅光的燈，還排列著不熟悉的機器。「等一下，也會爲您介紹這間暗房內部。」

初江嚇了一跳。

「暗房？照片，我是不太瞭解，不過那些工作現在不是都由機器代勞了嗎？平坂先生是要自己動手顯影嗎？」

「嗯。當然，不論自動顯影機或列印機，該有的都有啦……」

平坂有些話中有話地說完，便沉默不語。看起來，像在思考接下來要說什麼。

「請問，那該不會是因爲，覺得好玩才做的？」初江嘗試這麼問，似乎猜對了。「嗯，這單純只是我的偏好。」平坂笑了。

初江又回到專注欣賞桌上堆積如山的照片的作業，不論任何一張照片，像這樣一看，都覺得好懷念，她也從中逐一選出強烈打動內心的照片。

木造新園舍落成的照片；幼兒園院子裡，剛種下的樹木還很瘦弱稀疏的樣子；畢業典禮的裝飾、亮晶晶的鋼琴。或許不能全部都選，但是不論哪一張，都是形塑出自己的重要回憶。

過了一陣子，由於平坂喚她：「初江女士，底片到乾燥爲止的步驟已經完成。剛剛所拍攝的底片，要來看看嗎？」所以她走進暗房。

是藥水的臭味嗎？暗房中可以聞到一股獨特的氣味。

平坂在暗房中，正在剪從天花板長長垂吊下來的底片。由於是彩色負片，顏色是相反的，所以不太清楚拍得好不好。

水槽那裡並排著兩個長方形淺盤，裡面裝著好像混合紅色、胭脂紅與紫色的奇怪顏色液體。旁邊也有裝著水的盤子，正小小地放流著水。

「您拍了好幾張，爲了讓您選出最好的一張，接下來會製作出樣片，讓您可以確認到每一格底片。可以的話，請您看看這個作業流程。這裡是彩色負片，所以暗房會眞的全黑，麻煩稍等一下。」
她站在平坂身邊，照明全部關閉，變得伸手不見五指。
他忙東忙西之後，機器照明「喀嚓」一聲亮起。
「變得這麼暗不好意思，麻煩就這樣稍等一下。您可以看到的作業流程，是將相紙放進這邊的發色顯影液，然後浸入漂白定影液，之後再用水沖洗。」
可以知道，平坂在黑暗中移動。好像在把紙張浸到剛剛那個奇怪的液體裡，隱約能稍微感受到他的動靜。
「完成了。」
燈亮了，她眨眨眼。定神一看，水裡漂浮著一張紙。自己拍攝的每格相片，都小小地排列其中。
「喔~拍到了、拍到了。」
自己跟著開心起來。

「現在要讓它乾燥，請選出您覺得好的照片。」

利用機器乾燥過後的紙上，整整齊齊排列著一格又一格的底片格。要選哪一張好呢……她用專用放大鏡邊看，邊用手指指說「這個」，平坂隨卽點頭說：「我也這麼覺得。」

那是大家在放置完成後的公車前，展露笑容的照片。

「那麼，就將這一格放大吧。」

她站在投入作業的平坂身旁，提出「這個嘛……顏色再深一點」、「不，再淺一些」、「這邊顏色再偏紅一點會更眞實」等細微意見，而平坂每次都會說：「承蒙您淸楚說出本身喜好，眞是幫了在下一個大忙。」

作廢相紙越來越多。

「製造出這麼多廢紙，總覺得很浪廢紙耶。」

「不，」平坂搖頭。「爲了製作出最完美的一張，這是必經過程。我們對於相紙的使用不要吝嗇，一起做出能感覺到『就是這張』的照片來。

這部分如果妥協了，就沒辦法做出好東西來了。」

當最後終於做出已經無可挑剔，使盡渾身解數的一張照片時，內心同時萌生奇妙的連帶感。

她專注凝視照片。

夕陽餘暉從雲隙斜斜射下，彷彿從天而降的一道光束。畫面中央的公車表面熠熠生輝，而窗上的水滴則述說著方才強勁的雨勢。自己站在公車前方，向大家低頭致意後，全身虛脫地展露燦爛笑容。一頭溼髮，全身衣服也都溼答答的，再也沒有比這時候更狼狽的外表了，不過這或許是自己人生中最棒的笑容。自己被家長會所有人團團包圍。有將日式烹飪圍裙的袖子捲起的媽媽，總以力氣大自豪的美衣爸爸露出非常粗壯的手臂。而這時候的打扮果然還是很華麗的坂井田太太也在旁邊，可以知道，所有人都高聲爆發出滿滿的情緒。孩子則在周遭跑來跑去，濺起水花。

「謝謝。能像這樣完成人生最後一張照片，我好高興。」

「能幫上忙，實在萬幸。」平坂也一臉滿足地頷首。

之後，選定九十二張照片的作業持續進行下去。到底經過了多長的時間呢？人在這裡，時間感覺好像就會變得模糊。這裡沒有白天黑夜，沒有任何能讓人聯想到時間的東西，更何況自己也完全不會湧現睡意之類的感覺，所以毫無頭緒。過程中，就是參雜喝茶休息的時間，一邊聊聊天，就這麼一張一張地挑選出來。

她凝視最後的一張照片。最後一張是自己被安置在醫院的擔架床上，住在附近的妹妹還有外甥他們趕過來的照片。自己的體型雖然原本就不大，這時候看來還真像洩了氣的氣球，萎縮得好小喔。妹妹握著自己的手、外甥則用手帕拭淚。

九十、九十一、九十二……她數算著選出的照片，確認數目沒錯。

平坂一見被選出的那疊九十二張照片就說：「數量這麼多，做起來感覺還眞有意義呢。」往那邊一看，平坂正在工作台，好像在用放大鏡一張張地確認。

「好好喔，眞讓人羨慕啊。」

平坂一邊作業，一邊冒出這麼一句話。照片的選定完成後，平坂的心情似乎也放鬆了。「初江女士剛剛也問過在下吧，在下生前的事。」

「不，平坂先生如果不想說也沒關係啦，請別放在心上。」初江說。

「其實是……在下什麼都不記得呢。」

平坂小心翼翼舉起一個不知道裝著什麼藥物的燒杯。

「您說不記得，是什麼意思？」

「一般離世的時候，就會像初江女士這樣，每個人都會有人生的記憶與人生的照片。例如，罹患失智症，乍見彷彿喪失記憶的人，只要來到這裡，記憶也會重新恢復。人生的照片，當然也都有，不論是誰，在人生的最後都能回顧過去。但是在下什麼都沒有，不但沒有記憶，也沒有照片，這好像是因爲出了什麼差錯所導致的，不過據說眞的是非常罕見的例子。」

所以，在下就在這種懸而未決的情況下，來到這裡。在下當時，手裡拿著一張照片，不過那不是記憶的照片，好像只是普通的照片。雖然自己被拍了進去，但是完全不記得是什麼時候被拍的，又是被誰拍的。」

原來是這樣啊，初江想。

「那張照片，是什麼照片啊？背景什麼的，說不定會有線索啊。從服裝，或許也能知道年代呢。」

平坂如果是女性，從髮型或服裝花樣也會比較好瞭解的說，初江心想。從中難道看不出什麼蛛絲馬跡嗎？

「在下就是這麼想的，自己也嘗試調查過，但是什麼都不知道，就是想不起來。看來像是在山裡面的照片……」

平坂說著，走到某處去拿照片，被遞來的照片放在白色立式相框中。原來如此，平坂正衝著自己笑。那是一張黑白照片，背景也不確定是不是山裡，但是不論髮型或服裝都與現在一模一樣，身上穿的是立領的白襯衫。

什麼都不知道。由於看得到平坂的頭頂，所以大概是坐在地面上吧，拍攝者或許是用蹲馬步的姿勢拍的。能知道的，僅此而已。

初江把照片還給平坂。

「不過，我覺得平坂先生一定是走過了很好的人生，才來到這裡的喔。看那張照片，就能知道啊，流露出那麼棒的笑容。」

「是嗎？」平坂一邊操作機器，同時往這邊瞥了一眼。「可以很清楚知道的是，那有什麼了不起發現的偉人啦、勇敢救人一命，壯烈犧牲的英雄啦、著名漫畫家啦，反正好像都不會是在下就對了。」

平坂的嘴角露出自嘲般的笑意。

「那可不一定喔，會不會只有我不認識，但其實生前是個很厲害的人呢？」

平坂搖頭，一邊開口。

「不、不、不，在下到目前爲止，在這裡像這樣目送過數百、數千，早已數不清的人了。如果在下眞是那種名人，至少會有一個人看到在下的臉，就認出說『啊，您是某某先生吧』，像是事業成功，或是社交方面交友廣闊的話，至少會出現一個認出在下的人吧。而且，如果在下以前有過什麼很沉迷的東西，那麼一看到，多少也會有點感覺吧。在下一定是過著平凡無聊的人生，毫不起眼、也不會存留在任何人的記憶中，就那麼默默死去的啦。從來沒有過什麼驚天動地的事情，樸實無趣的一生。不知道，反而是種幸福也不一定。」

該對他說些什麼才好呢，她猶豫著。

「但是……」

她不由得大聲說了出來。

「相對來說，這也代表你不是殺了一堆人的魔頭，又或是死刑犯啊。這樣，不也算是好事一樁嗎？」

平坂似乎淺淺一笑。

「說得也是呢。」

他那邊持續發出機器聲響。平坂以行雲流水的手部動作持續作業，一邊說。

「在下常想，像這樣持續目送大家離去的過程中，會不會突然想起些什麼，又或遇到熟悉自己的人……」

「平坂先生要是我們的學生，我可是會一個不漏記得淸淸楚楚的呢。像是以前很愛踩高蹺，還是跑很快之類的。」

「謝謝您。自己也不是說對這個世界還擁有強烈依戀，當然，就這樣在毫無記憶的情況下到那個世界去也無妨，只是那麼一來，總覺得好像很空虛。會覺得，在什麼都不記得、沒有任何人認得的情況下結束人生的自己，到底算什麼。就那樣不被任何人記得，平凡過活、平凡死去，那麼自己活過的人生，到底有沒有它的意涵、意義呢？自己是爲了什麼，才活過那段的呢？」

「活著的意涵、意義。」初江想。

或許在人生中，會有那樣的時刻降臨，就像是餽贈小禮物一般——不知道自己能不能送出好禮物就是了——將爲了對方認眞思考的話語，餽贈出去。

而此時，正是那樣的時刻。

「我送過好幾個學生畢業，有孩子在社會上功成名就，也有孩子不是這樣。但是，不論任何一個孩子的人生，都是珍貴的寶物喔。就算不是偉人，就算不是名人都一樣。我覺得，在人生最後的說話對象是平坂先生，眞的是太好了。」

「謝謝您，光是聽您這麼說，在下也非常高興。」

平坂微微頷首，然後沉默。

完成的走馬燈如同精雕細琢的寶石，鑲嵌著五顏六色，成爲一座龐大的燈。

「好美喔。」

上面貼著好多自己重要的記憶，每幅記憶都彷彿散發著光芒。

「這座走馬燈將開始旋轉，請細細觀賞，直到它停止旋轉爲止。燈停止後，您就要啟程了。」

「那麼，開始。」平坂說著，用手觸摸走馬燈。這不知道是什麼運作機制，光線透過照片，閃耀出五顏六色的光芒，整座燈一邊開始旋轉。

零歲。兩側是彷彿捧著世上最珍貴的寶貝，以不熟練的手法抱著小嬰兒的父母。

一歲。在簷廊穿著寶寶肚兜曬太陽的肚子。

兩歲。被媽媽背著，完全睡死垂到一邊的歪頭……

走馬燈持續轉動著。人生的一切都順利得好不眞實，其中有好時光，也有不管做什麼都不順的時候。另外也有不願回首的過往，又或每每回想，就會倍感欣慰的美好經驗。

二十六歲。婚禮上嬌羞的身影。自己不太適合白無垢[17]就是了。

以照片形式被擷取下來的人生瞬間，各自盈滿了光輝，從眼前流過。

三十四歲。好不容易建成的園舍，差點被洪水沖走。大家在及膝的大水中，將重要的鋼琴搬到台上。

「孩子是這世上的寶貝。就算再次投胎轉世，我也想要當保母呢。」

「在下會幫您祈禱，希望您能再次成為保母。」

站在角落的平坂臉上，也閃耀著五顏六色的光芒。

初江對平坂的側臉出聲。

「保重，別太逞強了喔。」

17. 日本和服的一種，神社婚禮儀式的新娘傳統禮服。

「好。」

平坂轉向這邊，表情頓時舒緩了下來。那不再是之前那種禮貌周到的表情，最後能見到這樣的表情眞好，她想。

「這一生，並不是說想做的事情已經全都做完了，不過也滿足了。最後能和你說話眞好呢，平坂先生。」

「嗯，在下也是。」

初江視線停留在走馬燈，沉默了一會兒。

「祝福平坂先生今後平靜快樂。」

隨著旋轉速度減緩，光線化成一幕幕色彩鮮豔的回憶躍入眼簾。

「啊，是最後一張照片。」

大家在公車前展露笑容的照片，來到了眼前。

光越來越亮，初江的意識逐漸被包裹在那柔和的光芒之中。

悄然無息的，走馬燈停了。

光越來越亮，室內被包裹在一片白色之中。

初江的身影彷彿融化在強光中逐漸變淡，當光線恢復正常時，室內已經到處不見初江。

平坂身處於再次只剩他一人的房間裡。他正面對著初江的走馬燈，只點亮手邊微小照明，正在做紀錄。他面對停止的走馬燈，任思緒翻騰馳騁。

初江的走馬燈剛剛散發出複雜的顏色重疊，同時也在純白地板上灑落溫柔光芒。

直到最後，擔心的不是自己，而是一邊擔心著別人一邊離世，還眞是初江女士的本色，他心想。能和那種老師相處的孩子，是很幸福的吧。

他至今看過太多無論如何都無法接受本身死亡的人了。得知不論做什麼都無法逃脫這裡，不論任何地方都不存在回去的路時，人會靜靜地放棄一切。放棄的同時，也會下定決心往下個階段邁進。平坂長期以來很有耐心地陪死者走過那些憤怒、悲傷的過程。

他時而溫柔出聲攀談，花數小時傾聽憤恨的話語，也會聽那些參雜淚水所述說出的一切未竟之事。對於那些想念家人、持續哭泣的人，他也曾只是靜靜陪伴。輕輕摩擦對方背部，直到對方哭夠了為止。

起初，平坂也有過一段時期，對於簡樸的走馬燈並不會特別修正，直接貼上自動沖洗出來的照片。慢慢地，他感覺自己逐漸被這種無處可逃、彷彿標準作業流程的重複工作消磨，情緒上有某部分正沉靜地陷入瘋狂。而暗房作業，就是平坂在那情況下發掘出的屬於自己的唯一樂趣。

在暗房的黑暗中，將相紙浸入顯影劑，稍過一會兒，相紙表面隨即浮現影像。這裡人物的部分要再加強一些、背景的這裡要再淡一些。要讓光線再明顯一些。他將照片視為一張作品，思考著如何洗得更美，最後完成最棒的那一張照片。那是爲了望著人生這最後一張照片，一邊啟程前往那個世界的死者，同時也是爲了自己。

這是爲了能在這條毫無盡頭的漫漫長路上持續前進。爲了持續保有自我。

死者一個接著一個，從自己眼前走過。他們有各式各樣的照片，在這間照相館中，讓自己稍微窺見他們各自人生的光芒。

自己的記憶，總有一天會回來嗎？

寫完紀錄用紙的最後文字後，平坂站起來。他在會客室拿了磨豆機，想沖個咖啡。

突然，眼神對到拍到自己的照片。黑白的自己，正對著這邊笑。那是已經不只看了數千、數萬次的照片了。平坂閉上雙眼。

自己是對著誰，展露這樣的笑容呢？這張照片到底是怎麼一回事呢？不知道。

平坂一心等著，認識自己的「某人」出現的那一刻。
現在，只要一睜開這雙眼睛，又會有新的死者造訪吧。
所以，就這麼再閉著雙眼一會兒吧。平坂用手掌覆蓋雙眼。

……會掉下去。初江心想。
猛然睜開雙眼，初江正站在幼兒園前面。這並非什麼「託夢」，是直到最後還是牽掛幼兒園的天性所致吧。
幼兒園前，站著一個包鞋尺寸莫名不合腳的年輕女孩。她穿著套裝，模樣緊張地與時鐘對峙。今天似乎是面試，是要去園長那裡去嗎？
她看著小抄，嘴裡唸唸有詞地在練習。
……我是美智……請多多指教……應徵動機是……優點是能堅持到

最後……

她想看看小抄寫了什麼，靠近一看，那個女孩肩膀頓時抖了一下，轉向這裡。「啊。那個……早、早安。」

這孩子，似乎看得到自己。

「啊，早安。妳該不會是，新的老師？」

那個孩子好像真的嚇了一跳。「嗯，看得出來嗎？是的，今天要面試。」她這麼說。很緊張、整個人硬繃繃的。

「我也是，現在雖然是這樣的老太婆了，以前啊，是保母喔。」

那個孩子臉上浮現笑意。

「這工作，果然很辛苦吧……」

「那可辛苦囉，腰也疼。可是啊，跟孩子一起，很好玩的喔，每一天都不一樣呢。畢竟，孩子是這世上的寶貝嘛。」

那孩子頷首，望向幼兒園。那是雖然不安，卻充滿希望，感覺很好的眼神，她想。

「這裡，聽說是從很久之前就有的幼兒園了。」

初江頷首。

——是啊。這個幼兒園，從很久很久以前開始就有了喔。她有好多話想說，卻全部吞了下去，展露笑容。

「加油喔，美智老師。」

「謝謝……咦？」

她似乎已經看不到自己了。只見她東看看、西瞧瞧，好像到處在找自己。由於身影是突然消失的，她納悶地歪頭。那孩子回過神來，望向時鐘，慌慌張張地快步朝幼兒園方向走去。

孩子的聲音響徹藍天。遠行之前，稍微去看看庭院再說吧，初江朝那邊邁出腳步。

貳

阿鼠與英雄的照片

人生写真館の奇跡

從照相館窗戶看到的戶外總是很昏暗。也有訪客告訴他，這是「逢魔之時」。介於白天與黑夜之間的黃昏。據說，此時最容易出現魔物。

正覺得窗外有影子掠過，耳邊隨即傳來敲門聲。「通咚咚、通通」，門扉傳出似乎很開心的聲響。

「送貨、送貨喔，平坂先～生。」一如往常的聲音這麼說。

每次明明都在重複著千篇一律的事情，這個男人眞的好像很樂在其中呢，平坂想著，打開大門。

大門外，還是那個穿著制服的矢間，帽子往後反戴，一如往常地推了推車來。

「下一位訪客，是個美少年喔。」

「又說謊了。從那照片的分量看來，應該是老爺爺吧。」

平坂苦笑著，在簽收單上簽名。

「被識破啦。而且，今天的訪客竟然貼有紅色便籤喔。情況會混亂到不行吧，不會錯的。」

矢間給他看的文件資料，有張紅色便籤凸了出來。

紅色便籤是在警告，這並非意外等過失死亡，而是殺人事件、自殺或他人之手所導致的死亡。

由於事不關己，矢間莫名流露興奮神情。

「死因是什麼……吵架之類的嗎？」

「答錯了，不是吵架。」

這可不是猜謎遊戲喔，他嘆口氣。

平坂總希望自己別懷抱先入爲主的觀念，對於下一位訪客的相關檔案，盡量不過目，想要透過人與人之間的溝通來瞭解那個人的爲人。這樣就不會對下一位訪客，萌生「你就是這樣的人吧」的片面斷定。這樣的片面斷定又或「我很瞭解你」這種流於表面的態度，往往很容易表露無遺，對圓滿的送別造成妨礙。

但是就連平坂也早已決定唯有面對貼著紅色便籤的個案，要先獲得預備知識。

矢間看著個人檔案資料，煞有其事地說。

「正確答案是……刺殺！是背後被刺了一刀，失血過多死亡。」

光聽這樣，平坂就想抱頭了。下次的「送別」絕對會很混亂吧。當然他也知道，訪客不可能以那種渾身是血的糟糕狀態出現在這裡，會以生前最有活力時的姿態出現在這裡的。只是，他很難想像經歷過那種結束的人，回顧人生時能有多平靜快樂。沒想到現在這時代，還有人是被日本刀刺死的。

「那個日本刀，是怎麼回事？是現在這時代發生的事情吧。」

「嗯，是現在啊。」

「是流氓之類的……嗎？」

「看起來，的確是那樣！」

矢間闔起個人檔案資料，夾在腋下。

平坂想確認箱子重量，試著抬起來。「對了，送貨的矢間，到底打算在這裡待到什麼時候呀？已經有很長一段時間了吧。」

早在平坂繼承這間照相館前，矢間就已經在這裡了。行爲舉止感覺好像很年輕，話說回來，起初交接時，也是這個矢間向他說明一切的，像是這裡的規則、該做的工作、送別的訣竅等。

「我，還滿喜歡這份工作的耶。像這樣到處跑來跑去送照片，很適合我。」他說。

平坂自己本身連一步都無法從這間照相館踏出去，所以不清楚，不過其他地方好像也有相同的照相館。那裡也會像這樣幫人送行嗎？

矢間說著：「好了，」一邊把帽子重新戴好。「我差不多該送貨到下個地方去了。每天、每天都好忙呢，我們兩個都是。唉，不過我們的時間是停止的就是了。」

矢間稍微揮了揮手，走出去。

平坂爲了下一位抵達的訪客——據說被日本刀刺殺身亡的鱷口勝平，整理屋子。希望能做到美好的送行，希望能爲訪客完成好照片。

還有……

這一次，希望能與尋尋覓覓的「記憶」相逢……平坂如此祈禱。

◉

鱷口睜開雙眼。

由於一醒來，就有個陌生男人展露殷勤笑容，一邊說：「歡迎光臨。」鱷口頓時像彈跳似地一躍而起。視線拋向右邊，緊接著壓低身子邁向左邊。他輕而易舉就潛伏到男人背後，手臂從背後架住脖子、勒緊，輕鬆取勝。

他一邊勒緊，在男人耳邊低喃。

「喂，你這傢伙，想幹嘛？」

鱷口做出決斷的速度飛快。一醒來，發現被人安置在陌生房裡睡覺，這就代表自己被下了某種藥物、喪失自由後被搬來的，接下來會發生的事情，不可能會是開心玩耍。例如拷問、又例如殺雞儆猴的死亡。鱷口在一秒之內，做出這樣的結論。反擊越快，就越有威力。

由於男人在手臂縫隙間「哈哈」喘息，他於是稍微鬆開手臂。

「您這是沒用的喔……使用暴力……」

「吵死了你，殺了你喔，這個王八蛋。」

「已經……死了……在下，還有鱷口先生都是。」

當鱷口力道稍微放鬆的同時，男人立刻蹲到地上去，男人的肩膀線條纖細。

「什麼死了，那什麼意思，給我說說看！」

鱷口站到旁邊，往下俯視。鞋子踩在男人手指附近伺機而動，準備隨時都能踩下去，予以痛擊。

「鱷口先生，您已經死了，就在方才。您的心裡，難道對此毫無頭緒嗎？」

被這麼一說，鱷口內心還是有底的。

有個傢伙從背後刺過來……「那傢伙」，他瞬間心想。不是「好痛」，而是「那傢伙」。他看到腹部有個血色尖角，明白是刀尖。然後，就是寒氣逼人，越來越冷。

「啊，老子我，果然是被刺死啦。」

蹲在自己腳邊的男人，搔著頭一邊起身。

「嗯，就在方才，您已經離世了。所以，才會來到這裡的。」

他試著搓了搓腹部，不特別覺得痛、也沒有傷。

「你這傢伙是神嗎？」

鱷口俯視男人，心裡想的是「要是在這裡把神給幹掉了，會怎麼樣啊」。大概是敏銳察覺到了殺意，男人一邊拉開距離說：「不，在下與鱷口先生一樣是人。在下只是一個引導者，所以，在這裡要是再對我有什麼危害的話，就會發生不怎麼有趣的事情。那麼一來，您就無法再離開這裡到任何地方去，那就真的是死路一條了。」

「幹！你這是在威脅老子就對了。」

他抓住男人衣領，惡狠狠往下瞪，男人卻毫不畏懼。那是能讓幾乎所有人戰慄發抖的瞪視，不過對這個男人似乎沒效。也是啦，如果說這傢伙跟自己都不只是半死不活，而是完全死透的話，就沒辦法再進一步給他苦頭吃了。自己信賴的那個傳統「幹！老子不幹掉你才怪」，也不管用了。

手一鬆開衣領，男人就撫平衣服縐褶。

「敝姓平坂，工作是圓滿送別來到這間照相館的每個人。」

「是要送去哪啦？」

「也就是所謂的那個世界。」

「明知道那裡就是地獄，鬼才要去啦。」

他已經忘記自己從輕到重，犯過幾次前科了。在工作場所最擅長的就是暴力，不可能不結怨，現在人世間或許還有好幾個人，正在設宴慶祝鱷口死亡。

「在下也只是透過口耳相傳，聽說過送別後每個人去的那個地方。據說所謂的天堂與地獄，可能並不是分隔開來的。」

「那到底是怎樣啦。」

平坂說著：「來，麻煩冷靜一下，請往這邊走。」一邊企圖將鱷口領到照相館內側去。

「在下爲您沖個咖啡吧。」

「是沒酒嗎，酒。」

「有的。各式各樣的酒，一應俱全。」

「Booker's呢？」他試著說出波本威士忌的酒名。

「在下為您斟酒，請往裡面走。」

鱷口跟在平坂身後。

明明是才剛被刺殺的身體，「Booker's」卻一如往常，感覺美味地滑過喉嚨。胃部也一樣，有股熱意頓時升起。酒就如同稀薄煙靄，在冰塊之間逐漸位移。

「是沒有下酒菜喔。」他這麼一說，牛肉乾就被端上來。用牙齒邊緣一撕咬，肉的甜味隨即在嘴裡擴散開來。

「剛剛不好意思啦，你也喝。」

「好，那在下恭敬不如從命。」

平坂是會喝的人嗎，面不改色地把酒喝下肚。

「是喔，老子死囉。」

他嘗試說出口，卻沒什麼眞實感。現在這嘴裡的甜味，還有酒的感覺，都與他還活著時一模一樣。

「是的，很遺憾。這間照相館像是介於生死之間的中繼站。」

自己以前跟什麼照相館，根本毫無緣分。說到相片，就是拿著受刑人號碼牌，臭臉照的那種。

「爲啥是照相館啊，老子根本沒什麼特別的事要來照相館嘛。」

平坂爲他斟酒。

「是希望鱷口先生能在這裡幫忙挑選照片，只要與年齡相對應的四十七張。」

「選，要老子選嗎？那種東西，你自己隨便選選就好啦。」

「這件事呢，如果不是由本人親自選，就沒有意義了。因爲這是鱷口先生的人生走馬燈啊。」

「說什麼東西啊，你這傢伙……那麼，像小寶寶那種自己沒辦法選的咧。」

平坂流露像是猛然察覺到什麼的神情。當然，自己選不了的傢伙照理說也一樣會到這裡來，會有這種疑問也是理所當然的啊。

「嗯。那種情況，會由在下像是抱著之類的，讓對方選出一張。」

「那人懂自己在幹嘛嗎？」

「嗯，會伸手去摸，又或露出微笑等。」

是喔……鱷口感覺沉重。那樣的孩子活不了，然後像老子這種的竟然逍遙快活活了四十七年，這世界也太奇怪了。

平坂接著說明製作走馬燈的概要，鱷口吃光了大部分牛肉乾，當袋底朝天時，說明也結束了。

「所以說，是要老子去選那個照片，四十七張。」

「嗯。」

「所以說，要在最後一邊回顧人生，一邊看走馬燈。」

「正是如此。」

「麻煩透頂！」

平坂感覺想要嘆氣，終究還是以忍住那股衝動的嘴型咕噥：「請別這麼說……」

鱷口是這麼想的。老子的人生，或許從受精那一刻起就是個錯誤，母親的教養方式大概也完全偏離了正軌，自己的現在就是種必然的結果，對於回顧人生怎樣的，老子感興趣的程度就像螞蟻大便一樣。他莫名撫摸臉頰上的刀傷，已經是很久以前的舊傷了，就只有那裡的肉被削掉一塊，手摸起來的觸感不同。

「那樣的話，就無法從這裡離開到任何地方去了，請務必慎重考慮。」

「女人呢？」

「這裡當然沒有。」

他不自覺嘗試凝視平坂，這傢伙要是女人，那可能還滿有意思的，鱷口心想。

平坂如坐針氈似地將手指交握。

「請問……」

「所以不選那些照片，就沒辦法有進展囉。」

「沒錯、沒錯。」

平坂好像稍微鬆了口氣地說。

「好啦，那去把那照片什麼的，搬到這裡來，幫你選啦。」

就這樣，鱷口選起了照片。

攤在桌面上的人生照片，數量多到讓鱷口驚訝，據說是一天一張，看到後來也出現好多以前的照片。看到年幼的自己站在破公寓一樓，鱷口心情變得很怪，那時候不但沒有臉頰上的刀傷，當然也沒有肩膀與背部的刺龍刺鳳。很理所當然的是，小指頭還完好如初，就是一個普通孩子，不過，眼神很銳利耶，他想。

「所以，是要老子從裡面選照片？」

平坂頷首。

「是的。希望鱷口先生最後以走馬燈的形式，看看一路走來的人生。」

「老子覺得根本無所謂就是了。」

又沒做過什麼不得了的事情。

「儘管如此，那也是鱷口先生活過的證據。走馬燈的製作方面，在下會提供協助，」平坂說。「啊，請看看那邊的房間。」

平坂讓他看一間四四方方的純白房間，房裡到處都是清一色白，有點像毒蟲住的精神病院耶，鱷口想。

「走馬燈會在那個房間被點亮。」

好好好、瞭了、瞭了，他敷衍點頭，雙手將照片山掃落。

「嗚喔~這什麼玩意兒啊！」

鱷口放聲說道。那是自己腹部一片鮮紅，被運送的場景。

「眞是抱歉，由於是人生所有的照片，其中也有您離世那天的照片。」

「自己來說也很那個就是了，不過還眞詭異啊。」

照片角落照到了鞋子，老樣子的黑鞋。對了，那傢伙那個時候也……

阿鼠，也在那裡。

「有了。」

他立刻就發現一直在找的照片。瞪大的雙眼、嘴巴有點齙牙的感覺、身高矮到從這張照片也能淸楚看出來，脊椎是彎拱的。頭頂明明是寬的，下巴卻眞的是窄窄地挺出去，頭髮稀疏到讓人感到抱歉，大大的耳朵從左右兩邊噴出。這一切的一切，怎麼說呢，就是阿鼠。

「這位，是您的兄弟嗎？」

「胡說八道，才不是，這是叫阿鼠的傢伙。」

「阿鼠，是綽號嗎？」

「他名字是根津美智矢[18]，不過看起來就是老鼠吧？這是我們的員工，但是沒人叫他根津，都叫阿鼠。他是負責修理東西的，不過怎麼說呢，是個有夠奇怪的傢伙。就像在跟外星人講話一樣，但是，維修手腕實在厲害。」

鱷口想了一會兒，自然而然地開始自言自語。「有沒有啊，那天的照片。」他說著，雙手又到處亂撥，掃落照片山。

「有……了。喂，搞什麼東西啊！不是都消失了嘛。」

鱷口語帶威嚇。那張照片就像是一團白光，中央非常模糊，只拍到腳部。在拍到的腳部中，一個人是蛇皮鞋子，旁邊是嬌小的黑色帆布鞋，另外唯獨一人是小孩子的鞋。

平坂感覺焦慮地開口。

「這個嘛，舉例來說，如果不是那種收藏起來都不看的照片，越是寶

18. 「根津美智矢」日文發音「Nezumichiya（ねづみちや）」，前三個漢字發音十分近似「鼠」的日文發音「Nezumi（ねずみ）」，故有此言。

貝的照片，就越常拿在手上看吧。在這數度觀看的過程中，照片就可能褪色或破損呢。記憶也是一樣的。」

「這張不能用了耶。」鱷口「嘖」一聲咂嘴。

「但是請放心。關於這張畫面消失殆盡的照片，是能夠復原的。」

平坂語出驚人。

「這種東西是要怎麼復原啦。」

「雖然只限定一天，但我們能回到過去，重新拍攝這張消失殆盡的照片。在相同地點、相同時刻，帶著您喜歡的相機過去。」

回到，過去。到這張照片的場景去。

「請問您意下如何呢？」

「這個嘛……」鱷口眼神落到阿鼠的照片，自顧自咕噥起來。「好像也沒那麼想，想到需要特別回到過去見阿鼠一面耶。」

「那我們就別回去了。」

「等等，」鱷口說了。「好啦，反正待在這裡閒著也是閒著，就去看看他吧。就當是看這世界最後一眼。」

鱷口指著照片。

「這張照片是去年的聖誕夜。老子跟阿鼠，還有客人的小鬼在辦公室的時候。」

在下知道了，平坂做著筆記。

「這裡的照相機應有盡有，任何機型一應俱全，如果有希望使用的照相機，請告訴在下，請往這邊走。」平坂說著起身，引導他到其他房間去。

「這裡是器材室。方便的話，會請教鱷口先生用得習慣的照相機類型、偏好，然後由在下爲您挑選。」

「希望使用的照相機是啥意思啊。要老子自己照喔，有夠麻煩的耶……你來幫忙照啦。」

鱷口這麼發牢騷。

「唉呀，請別這麼說。這是規定，重現照片只能由本人照。」

平坂說著，打開器材室的門。原來如此，裡面密密麻麻陳列著各式各樣的照相機。

「那就……」鱷口雙臂抱胸，稍微思考了一下。「『萊卡II f』，鏡頭是Elmar。要F2.8 Elmar。」

鱷口這麼一說，平坂似乎頗爲吃驚。

「鱷口先生，您喜歡照相機吧。這是很棒的嗜好。」

「才怪，」鱷口說。「是阿鼠他，唯獨看過一次這種組合的時候，就說什麼『好美……』不知不覺就記住了而已。老子店裡也經手過，後來放到拍賣平台賣掉了。『萊卡II f』加上F2.8 Elmar，畢竟那傢伙感覺上，是絕對不像是會說出這種話來的。」

「的確是很美的組合呢，在下爲您拿過來。」

拿出來的「萊卡II f」，完美安置於鱷口掌心中。擁有讓人想永遠就這麼拿下去的圓潤機身與重量，轉動轉盤後，嘗試按下快門，相機運作之順暢感覺不像是機器。他又試著按了好幾次。

「還算不錯啦。」

他姑且流露滿意神情，平坂好像也鬆了口氣。

鼴口窺探「萊卡IIｆ」的取景窗，爲了測試，對平坂對焦看看。原本分成兩個人影的平坂，合而爲一，望著他這邊。

他將「萊卡」交給平坂，一邊說：「喂，平坂先生啊，幫這台『萊卡』裝塡底片吧。」

「好，在下知道了。」

平坂一接過「萊卡」，就在工作台上開始某項作業。他看平坂在做什麼，原來是爲了裝塡底片，正在重新剪裁底片最前端。他回想起，阿鼠在修理測驗中也是這麼做的。

「曝光什麼的，那方面老子全都不了解，到了現場，你調好距離、對好焦，就把相機給老子。」
嗯，平坂點頭，慎重地將底片放入萊卡。
平坂呼喚鱷口：「請往這邊。」兩人並排站在白色小房間的門扉前。
「那麼，要走了。去年的十二月二十四日，從日出陽光灑落的時間點開始，直到翌日陽光充滿空氣中的時間，沒問題吧。」
唔，鱷口點頭。
「那麼，前往與二手商品店的員工——根津美先生的……」「阿鼠。」
「那麼，前往與阿鼠先生的那一天。」
平坂開啟門扉。
什麼啊，是要到戶外去呀，鱷口想。
往外踏出一步，就是清晨北千住[19]的鼎沸人潮，一回頭，應該是從那裡走出來的門扉已經消失。儘管還是分不清太陽是否已升起的時間，不知道是不是要通勤，衆多人潮讓鱷口嚇了一跳。實在辛苦呀你們，他覺得行人接二連三穿過身體很有意思，所以刻意碰撞來人肩膀。平常的話，鱷口光是走在路上，人潮就會怕惹上麻煩，自動分成兩條，現在不論任何人，都紛紛穿過他的身體就那麼走掉。說眞的，要是走路滑手機的人像這樣撞到他肩膀，接下來就會展開讓人會心一笑、滿懷感激的故事了，但是今天眞不湊巧，自己已經死了。

「什麼嘛，時間還要再晚一點的啊，那現在要怎麼辦啊。這樣不是閒閒沒事做嗎？」

「眞的很抱歉，時間很難準確鎖定在事發那一刻回去，所以，一般都是從日出開始。不過呢，這也算是對這世界的最後巡禮，時間到之前，請慢慢享受這個世界吧。」

19. 東京北部地名。

從北千住高架看過去的車站大樓，已經完全是聖誕色彩。綠、紅、金、銀，塑膠聖誕老人加上棉花雪，全都沒人欣賞，所有人逕自走在通勤路上，匆匆經過。鱷口與平坂兩人坐下，眺望著熙來攘往人潮。不久後，他開始躺在路上，從下方仰望行經的通勤女性內褲，不過很快就看膩了。

「也沒啥事好幹，喝個酒吧。」

「在下這就準備。」

平坂跟在別人後面，走進超商，鱷口也跟了進去。他實在好奇，平坂是要怎麼買東西。

「可是，人都會穿過去吧，也不能對話。要怎麼辦啊？」

「像神壇或墓前，也常擺供品吧。那些供品，也是有重要意義的喔。」

平坂說出奇妙的話來。

架上陳列著各式各樣的啤酒，平坂對其中一罐伸出手。

「我們現在是沒有實體的，說起來，就是已經變成了靈魂。所以，只要對這個罐子的形體集中注意力，一邊嘗試輕輕地只抽出內容物……」平坂說著，企圖好好抓住陳列在店面的罐子。那個罐子的輪廓慢慢變成了兩個，他成功抓住其中一個。就像是一個罐子分裂成了兩個，正好就像是變成了聖誕套組。

「這樣就行了。」

鱷口也想自己試試看，但是很難。

「那，這個跟這個還有這個，一起拿走，這個也麻煩了。」他接二連三指向杯裝酒、起司下酒菜之類的，平坂隨後抱了一堆商品。「不管幹了什麼走，都不會被條子抓，真爽。」

「是啊，畢竟都已經死了。」

平坂與鱷口決定在天橋正中央飲酒作樂，放在正中央的是雞肉。

「聖誕快樂。」

鱷口這麼一說，平坂也以似乎有些困擾的神情回應：「……聖誕快樂。」酒罐一拉開，響起「噗嗤」一聲。

他們有好一會兒眺望著匆忙通勤的人流，沉默喝著啤酒。

「黃金地瓜條加地瓜塔？你是有多愛地瓜啊，這哪能當下酒菜呀。」

如同女高中生般的選擇，讓他發笑。

「不好意思，也稍微選了一點自己喜歡的。」平坂說。

「平坂先生啊，話說回來，你也死了喔。爲什麼會死呢？看你還年輕，是因意外死掉的嗎？」

反正閒來無事，不經意地嘗試這麼一問，平坂卻露出有些困擾的神情。

「其實，在下記不太起來。」

「記不起來是怎樣啊？」平坂開始述說。關於自己一直以來在做什麼，連自己怎麼死的都不知道。還有，他邊想著「認識自己的人總有一天會不會出現」，始終在這裡做著引導者的工作。另外就是，自己手上有的就只剩一張照片。

「會是什麼人呢？應該也不是什麼搞笑藝人，沒在電視上看過你呢。」

唉，這傢伙可能就像自己所說的，以前就是個平凡的傢伙吧。

「老子只知道一件事。這世上，就只有能把別人痛毆一頓，還有不能把別人痛毆一頓這兩種人。然後呢，你是屬於不能把別人痛毆一頓的那種傢伙。」

「看得出來嗎？」

「這是當然，老子在這個世界，打滾很久了，一看就知道。那種不妙的傢伙，也是一看就知道。所以，你……」

平坂定定凝視這邊，鱷口點燃菸。

「就是正正經經地生活，正正經經地死去，那不就好了嗎？」

煙裊裊升向天空。

他們就這麼暫時沉默，在天橋上以目光追逐人流。由於平坂始終不發一語，他就說著：「喂，拿去啦。」嘗試將拿在手上的零食硬是塞進平坂口袋。「叫你拿去啦。」

結果，平坂以不知是苦澀還是怎樣的微妙表情，展露笑意。

「比起在下的事情，在下更好奇鱷口先生的維修人員有什麼故事呢。今天，就是要去那位先生那裡去吧。」

平坂爲了改變話題，將話題轉到這邊來。

「啊，總之就是個厲害的傢伙。」

……鱷口開始一點一滴地述說，有個名叫阿鼠的奇妙男人的故事。

只要是關於阿鼠的話題，講上幾小時都不會膩。他就是這麼一個，總之就是非常奇怪的混帳東西。

最近，保護費也越來越難收，從沒遇過黑道生意這麼難做的時候，老子也莫名其妙被派去管理二手商品店。胡說八道，老子才不是負責接待，只負責幕後管理。不過呢，這二手商品網路商店其實只是個幌子，主要任務還是透過電商，把錢從右邊轉到左邊的洗錢工作。像照相機、時鐘或古董之類的，因爲都是些價格隨人喊的東西，要挪動大筆金額時很方便。所以，沒有實體店鋪的「二手商品店．仙女座」就這麼誕生。

商店本身運作很順利，只是，如果沒有從事實際業務，立刻就會被有關單位盯上，爲了僞裝掩飾，決定姑且雇用一個眞的會修理的維修人員。

一般正常人，只要看到雜亂倉庫裡堆積如山的待修物品——那也是從借貸者那裡搜刮來，或是贓物之類的，總之很多來源不明的東西——還有跟著老子辦事的年輕傢伙，一個名叫小崎的小弟整個人的感覺，心裡隱約就會有個底。不管是再低能的白癡，都會說著「不好意思，我要辭職」，頻頻點頭致意，一邊打道回府。

不、不、不，面試之類的老子可不會出面喔。事後會敲小崎的頭，罵說「還不是你這傢伙的眼神太兇狠了，混蛋」就是了。

在此情況下，來的人就是阿鼠。阿鼠據說竟然是在像身心障礙教育體制裡，念到高中畢業的，本來是覺得「哪可能把工作交給這種貨色來做」，不過畢竟只是做做樣子的維修人員，也不可能要他接待顧客，所以就讓他來面試了。看來有夠體弱多病的父親，連面試都親自帶著年近三十的兒子過來對著我們低頭，大概是爲錢犯愁吧，「這孩子關於維修方面，是不會輸給任何人的，會很認眞工作的」，像這樣重複了好多次。老子那個年輕小弟也是，就覺得「既然如此，應該可以吧」，就決定錄用了。

面試過程中，阿鼠似乎很在意周遭情況，到處張望。從頭到尾都由父親發言，他一句話都沒回應。

隔天，阿鼠用背架背了作業工具，雙手提著兩個大得離譜的工具箱過來。那些工具的分量驚人。由於他個頭嬌小，雙腳當下還在發抖。他首先開始清潔桌面，只見他拿出好幾個像是化學實驗用的三角玻璃瓶、各式各樣的工具還有螺絲之類的東西，以分毫不差的嚴謹態度把東西排列整齊。

在此同時，不論小崎或老子，全都管他叫「阿鼠」。因爲，阿鼠整個人的感覺就是非「阿鼠」這個稱呼莫屬。

「喂，阿鼠，要打招呼啊。」

算是他上司的小崎，似乎不滿意阿鼠沒有先打招呼。老子這個世界，基本上算是重視上下關係的世界，雖說是二手商品店，這方面還是很嚴格的。

阿鼠簡直像沒聽見一樣，充耳不聞。

「你這傢伙……」

沸點低，是小崎的特徵，就是因爲這樣，現在還是個小弟。

阿鼠儘管領口被一把抓住，腳跟一半都離地了，還是問小崎說：「要修理嗎？」

「修……不是修理啦幹，是叫你打招呼。」

幹老子這行的，要是沒被人放在眼裡，一切免談，是靠面子存活的工作。

阿鼠根本異於常人，一般人要是被緊抓衣領，被流氓恐嚇，不論任何人都會感到恐懼，全身發抖。阿鼠小眼睛的瞳孔沒有絲毫動搖，只是望著小崎的臉。

「打招呼是最基本的吧！」

「要修理嗎？還是不要修理？」

這時候，老子決定介入。再這麼搞下去，好不容易找到的維修人員被痛毆一頓，事情鬧大了也沒意思。

「喂，住手。」老子一出面，小崎立刻乖乖放開阿鼠。阿鼠好像不知道什麼是恐懼。

「阿鼠，碰到人的時候，要打招呼喔。」

老子以社長之姿，大聲這麼說。也是啦，這時候也必須向年輕人示範一下，什麼是「胸襟廣闊」。「要～打～招～呼。」

「要修理嗎？」

內心一陣不耐。

小崎以一副「是不是？」的神情看著這邊。

「要說，早安，說說看吧。」

阿鼠好像稍微在思考了。

「有必要嗎？」

「有必要。」

聽到阿鼠的疑問，老子有些驚訝。因爲本以爲，他搞不好只會說「要修理嗎」。

「在這裡爲什麼有必要呢？」

「什麼爲什麼……」

話說回來，爲什麼有必要呢？老子猶豫著該怎麼回答。不管三七二十一先揍他個一、兩拳，罵說「吵屁！給老子打招呼啦！」也是可以的，只是阿鼠實在過於奇妙，讓人不知道該如何反應。

那也是在組織中成爲中堅分子後，早已徹底忘懷的情緒。這該不會類似那種淡淡的恐懼或什麼的吧。阿鼠讓自己感受到的，是至今不曾遇過，本質截然不同的人所激發的情緒。

「這個嘛～說到爲什麼有必要，因爲能讓老子還有這傢伙，小崎心情好。」

「心情好，是好事嗎？」

「雖然看不到，那也是一種修理。」

老子想到什麼就說什麼而已，但是自己也覺得，這話說得眞是好。

「修理。」阿鼠重複道。

老子嘗試這麼說說看。「早安。」

「早安、早安，這樣就能修理到內部嗎？」

阿鼠規規矩矩地向老子跟小崎兩邊都打了招呼。

「啊～是修理。一大早過來，修理老子跟小崎就是阿鼠第一件工作，明白了嗎？」

「好，你們本來壞掉了，我已經修好了。」

老子不自覺露出苦笑，也是啦，因爲有哪裡是眞的壞掉了嘛。

阿鼠坐下，默默轉而展開整頓作業。

老子和小崎四目相接，老子輕聲說了句：「反正，就先好好做吧。」

工場是一處位於町郊、面向狹窄道路的工廠，那是感覺就像侵占一樣，沒收到手的地方。寂寥的小巷，沒什麼人走。兩層樓的建築物，一樓是工廠，話是這麼說，其實就是間大而無用的長型倉庫，裡面堆滿了處於好像能用又好像不能用的微妙界線的破銅爛鐵、來歷可疑的贓物，還有從借錢的人那裡搜刮來的東西。二樓當辦公室，這裡可能只有二樓部分是後來增建的，就只有辦公室新得莫名其妙。上下連接，靠的是像緊急逃生梯的那種戶外階梯。二樓地板上，是爲了監視吧，設有窗戶，從那裡可以俯視下方工廠。

小崎起初眞的就是有事沒事就張望下方，但是沒多久就膩了，又開始瀏覽網路。

「可是，那專注力好驚人啊，從早到晚持續都是那種感覺。」

阿鼠手部以急促的微小動作，動個不停。

老子是老大，也不用整天泡在辦公室，不過就是對阿鼠的異常耿耿於懷。

「去看看好了。」老子後來決定下去看看。

近距離一看，老子是完全被震懾住了。以前在電視上看過，機器人在工廠組裝電器產品的情景。用的是一定的速度毫無偏差，沒有任何休息或延遲。眼前的是相較而言算新的ＤＶＤ播放器——可能是第一次看到的家電也不一定——但是他好像熟知這裡該放什麼、下一步該做什麼，瞬間全部徹底解體。就連零件的放置位置也全都是等距，讓人萌生一股不可思議的感動。面對立體的東西以異常驚人的速度，被逐漸拆解成平面的樣子，老子只能沉默。就連有沒有打招呼，都忘記問了。

「分解結束。在一項工序結束之前，絕對，不能去做其他修理。」

阿鼠慎重其事地說，那張臉眞的就跟寒酸的老鼠沒兩樣，但是阿鼠的確是支配這個場域的王者。

「早安。」

唉，都快中午了，不過至少好像還記得打招呼就是了。

「唔，早安。」

「你本來壞掉了，我已經修好了。」

每次打招呼，都要被迫聽這一句嗎？只要想到這裡，就會覺得有點煩，「算了，這也是屬於阿鼠本色的一種打招呼方式吧」，像這樣轉念一想，暫時就能不放在心上了。

阿鼠就在這樣波折不斷的情況下，開始跟我們一起工作了，不過沒多久就惹出了是非。

小崎人一到，就發出火爆聲音。正覺得到底在搞什麼，一開門，就看見阿鼠衣領又被整個揪起來。

「喂、喂，怎樣啦。」老子一出聲，阿鼠就在被揪著衣領的情況下望向老子，感覺痛苦地說：「早安，你本來壞掉了，我已經修好了。」

身陷這種修羅場，還是照例打起招呼，讓人不禁苦笑。

「這傢伙，明明都撞到我了，是不會道歉喔！」

小崎再次發出火爆聲音。

「阿鼠，你撞到小崎了嗎？」

老子想：先確認事實再說。

「撞到了啦！」小崎說。

「你給我閉嘴，老子現在問的是阿鼠。阿鼠，你撞到小崎了嗎？」

「我是在前進，小崎先生站在我的行進路線上。」

「閃開啊你！」

以阿鼠的邏輯而言，變成是小崎站在自己行進路線上。

「阿鼠，這種時候要道歉吧。像是對不起，又或是抱歉之類的。」

「不可以說謊。」

原來如此，自己覺得沒做錯事卻道歉，這對阿鼠而言好像就是在說謊。

「好了、好了，小崎，夠了吧，阿鼠就是這種傢伙啦。」

「可是，至少道歉要……」

「好像是不能說謊耶。」老子一邊說，忍不住笑了出來。

小崎像被牽引似地也快要笑出來。他隨即又把眉頭皺回來，對著阿鼠「嘖」一聲咂嘴。「再有下次就炒魷魚喔。給我記住。」

「要記住嗎？」

「記住啦。不管怎樣就是要記住。」

「要記住什麼呢？」

「啊……算了。」

小崎好像對這樣的對話厭煩至極。

確認小崎上到二樓去以後，老子嘗試教育阿鼠。

「像這種時候，就算是說謊，只要先講了對不起，之後就輕鬆啦。」

「不可以說謊，正常的組織是不會說謊的。」

阿鼠的腦袋到底長什麼樣子啊？老子心想。不過，不管任何場面，都不會讓自己妥協，總覺得好厲害喔。

總而言之，阿鼠就是一個不道歉的男人。就算是「不論再怎麼看，都是你的錯吧」的時候，也絕對不道歉。不論自己錯得多離譜，阿鼠心中好像都有個謎樣的邏輯，能把事情轉化成不用道歉也可以。

隔天，小崎打電話過來說：「鱷口先生，阿鼠都自己做自己的，根本不聽話，請您處理一下吧。」

老子姑且先到工廠去看看，然後立刻明白問題是那個。因爲二樓窗戶那裡，被掛上斗大的招牌寫著「修理」。那是阿鼠的字，印刷般沒有分毫偏差的文字，讓人納悶到底是怎麼寫出來的。是用尺量，一邊寫出來的嗎？堂堂正正的黑字寫著「修理」。

問題是，這裡不可能像店舖一樣營業。嚴格說來，就只是個儲物間，要是有眞正的顧客造訪，會很麻煩的。不過呢，又沒發傳單出去，也沒有大張旗鼓宣傳，像這種感覺的地方，鮮少會有顧客上門吧。

一走進去，只見怒吼著「現在立刻去拆掉」的小崎，還有毫無反應的阿鼠，頂著一副一隻蝸牛都可能比較有反應的神情，直挺挺站在那裡。「早安，」他望向老子。「唔。」「你本來壞掉了，我已經修好了。」又開始說起這一如往常的招呼語。

「啊呦，鱷口先生，聽我說……」

「拆不掉喔。」

「也不知道他是怎麼弄上去的，那是焊上去的啦！」

話說回來，是什麼時候增加的呢？假日搬進來的嗎？大型修理機具也增加了。

背後的門「啪」一聲開啟。「不好意～思。」

爲免附近傳出奇怪的閒言閒語，老子姑且不著痕跡地退到死角的陰影中。

從縫隙看出去，顧客像是附近的家庭主婦，她手裡拿著電烤盤。「不好意思，聽說這裡有在幫人修理東西。」

「啊，沒在修理。」「是的，有在修理。」

同時聽到兩邊截然不同的回答，大嬸客人也感到疑惑。

「欸？隔壁的隔壁的太太有說，你們幫忙修理好了啊。腳底穴道按摩機。」

已經有其他客人來過了啊，這麼想的好像不只老子一個人。要是這時候打發人家走，反而更會引發奇怪的閒言閒語。或許是這麼覺得吧，小崎以升高的音調說：「啊，歡迎光臨～」態度一百八十度大轉變，發出和藹可親的聲音。

老子聽說小崎老家代代都經營蔬果店，所以很清楚。他國三時走偏，當了飆車族的打雜跑腿，然後去當牛郎，但是小崎的「歡迎光臨～」就像是從根本流著生意人的血液一樣，是堂堂正正的「歡迎光臨～」。比起流氓，實在是更適合那個職業。

「這個電烤盤，現在變得完全不會熱耶。」

「我來修理。」

阿鼠的那句「我來修理」，力道強勁，如果是醫生就像散發出名醫的威嚴，所以大嬸也說：「是喔，既然如此就麻煩你了。大概什麼時候會好呢？」「四十八分鐘。」阿鼠如此斷言，客人似乎也對這個不乾不脆的數字感到訝異，不過還是問說：「大概估個價，會是多少錢呢？」

阿鼠沉默不語。好像是沒料到，這個問題會問自己。他好像對於利潤那方面毫不關心。腳底穴道按摩機，搞不好是免費幫人家修理的。

「一千八百圓。」一旁的小崎說。以修理而言，算是不用重新買一台就能了事的絕妙價格耶。大嬸似乎也心悅誠服地回去了。

「喂，阿鼠，自作主張掛上招牌前，應該先跟鱷口社長商量吧？喂，有沒有在聽啦幹！」

「好了。」老子說。爲了僞裝掩飾，店鋪這邊接少數客人也沒關係，老子壓低聲音說。老子是覺得，要是這麼鬧下去，阿鼠辭職以後要找人接替也很麻煩。與其削弱工作動機，逼得他辭職，不如讓他擁有某種程度的餘裕，這樣才能撐久一點吧。像借錢也一樣，比起一口氣催討全額，讓對方一點一點慢慢還，好好搾乾對方的甜頭也比較多。

「可是——」小崎不肯罷休。

「也沒多少人會來吧。就算有人上門，就是這帶町內的人而已啦，先別管了。」

老子這麼一說，小崎一臉不滿地說：「哼，鱷口先生既然都這麼說了，那就算了。」頭撇向一旁，持續碎唸。

阿鼠的修理，總是從全部分解開始。老子還滿喜歡看他用像是畫面快轉的速度，把零件整整齊齊排好的。

他是在全部分解後，掌握問題的癥結所在，接著洗淨與修理所有零件，最後一口氣完成結束工作。那大概是他自己研發出來的阿鼠流獨特做法，老子也覺得這樣實在是再「正確」不過了。不，只修理問題癥結所在，或許才合理吧。

老子有次嘗試問阿鼠。「爲什麼不弄需要修理的部分就好，而要全部分解呢？」阿鼠說：「因爲這是正確的。」「爲什麼這是正確的呢？」試著這麼一問，他就說：「因爲能把每個地方都弄成是均等的。」他指的大概是機械結構的均衡吧。如果只修理某個部位，整體機械結構或許就會失衡。也是啦，機械中如果同時存在新的部分與舊的部分，又會變得不協調，這個道理就連老子好像也明白。

「修理好了。」有個聲音這麼說。

不經意抬頭一看牆上的時鐘，稍微計算一下，這才明白原來他是指四十八分鐘後，分秒不差。修理這回事，不拆開來看看應該不會瞭解是怎麼了，但是阿鼠也不知道是用什麼方法，就是清楚知道需要的作業時間。

「這個電烤盤本來壞掉了，我已經修好了。」

據說後來大嬸來取件，看到每個零件都毫無油漬，變得跟全新的一樣乾淨，心情大好，付了一千八百圓，開開心心地回去了。話說回來，家電行最近勸客人說別修理，買新的比較好喔，也成爲了一種理所當然的做法。在壞掉就扔掉成爲普遍的情況下，如果附近開了像這種會細心幫忙維修的店家，說方便倒也方便。

也不知道該怪阿鼠掛上的招牌，還是口耳相傳，「二手商品店．仙女座」開始有零星客人陸續上門。不知不覺中，阿鼠在修理倉庫物品的同時，也同時接受客人臨時的委託。

小崎後來是不想再幫阿鼠說明了吧，他直行寫出「大、中、小」，橫列則是「容易、普通、難」，據此列出價目表，並寫出「其他詳談」，張貼出來。

有次從樓上看下去，是放學後的時間嗎，有小學生來了耶。不知道為什麼，好像在哭。光靠阿鼠一個人因應也不知道行不行，老子沒想太多就下樓查看。從門縫先聽聽看對話，好像是小學生養的倉鼠死掉了。

「聽說這裡什麼都可以幫忙修理好的。這個倉鼠——可可也能修理，是真的嗎？」

說什麼傻話啊，老子心想。死掉的倉鼠要是能修理，這世上就沒有死掉的傢伙啦。

「我來修理。」

阿鼠斷言。他以無與倫比的確切聲音，斬釘截鐵地說。

「哇，眞的！」孩子發出欣喜的聲音。「幾天可以修好？」

「八天。」阿鼠似乎打算花滿長的時間處理。

孩子後來就邊抹著眼淚走出去了，所以老子決定暫時假裝若無其事。走進去一看，倉鼠連同籠子放在桌子上，屁股那邊有個像是日文平假名「こ」的淺褐色花紋。

搖搖籠子，可憐的倉鼠已經變得硬邦邦，老早嗝屁了。

「早安。」阿鼠對著手裡還拿著倉鼠籠的老子說。

「啊～」「你本來壞掉了，我已經修好了。」老樣子的招呼語。

「阿鼠，就算是阿鼠你，這個恐怕也是不可能的吧。可別修理、修理的亂說啊。」

「我來修理，我會看資料。」

「資料？」

「第一次修理的東西，要看資料。」他說完，隨即就想出發到什麼地方去。

「喂，現在還是上班時間，阿鼠你是要去哪裡啦？」老子邊制止，同時好奇這傢伙是要去哪裡、閱讀什麼當作是資料。不論如何，應該都沒有出什麼關於倉鼠修理的資料才對啊。

「喂，小崎！」老子從下面大叫。「老子跟阿鼠出去一下。」

小崎用一副好像在說「好啦、好啦」的微妙神情，隔著窗戶點頭。阿鼠感覺還滿熟門熟路的，朝著河方向那邊走去。還在納悶是要去哪，原來是中央圖書館。他一到櫃台就操作終端機，輸入「倉鼠」。他好像將倉鼠相關書籍全部列印出來了。

從圖鑑、寵物飼養方法、骨骼標本、孩子看的繪本，乃至於大人看的專業書籍，就連讓人覺得這種東西根本毫不相關的書籍，總之就是所有跟倉鼠有關的書，好幾十本全都堆在圖書館桌面上。

堆積如山了耶，才剛這麼想，只見他伸手拿了一本，以極為迅速的速度開始從第一頁翻到最後一頁。那動作，好像去插嘴說什麼「老子覺得，起初先看目錄會比較有效率耶」都會打擾到他一樣。

這樣是能知道什麼東西啊，老子心裡這麼想，一邊望著那奇妙的動作，後來跑遠一點去找可以抽菸休息的地方，就這樣，過程中大概兩次休息，再回來一看，那堆積如山的書籍已經幾乎一本都不剩了。

「阿鼠，怎麼樣，知道倉鼠的修理方法了嗎？」

「我不知道修理的方法。」

「眞的假的啊？」

規規矩矩地將書籍放回書架後，阿鼠開始沿原路走回去，自由地隨心所欲好歹該有個限度。

之後的阿鼠好像連家也不回，幾乎都睡在工廠地板上。據說擔心的父親會帶著換洗衣物還有食物過來探班，不過他就是以幾乎不吃，晚上也不眠不休的忘我模式，持續處理手邊不知道是什麼東西的機械。另外好像還拜託小崎，訂購了英文名字感覺有夠麻煩的奇怪藥品。

約好的第八天。

老子對於倉鼠的修理耿耿於懷。

打開工廠大門。

「早安。」「啊～不過都已經中午就是了。」「你本來壞掉了，我已經修好了。」

老子懷抱著嘲弄的心情，試著問道：「喂，阿鼠，倉鼠的修理完成了嗎？」

「是的，完成了。」

老子不敢相信自己的眼睛，那隻倉鼠活生生地在動。只見牠掀動著鼻頭找飼料，時而急促蠢動然後停在角落，模樣十分可愛。

眼前的倉鼠，讓老子內心打了個哆嗦。這傢伙，真的把倉鼠修好了。不，阿鼠是去找了其他倉鼠來替代的吧，但是「こ」字型淺褐色花紋的特徵一模一樣啊。

喂，認真？老子心裡一邊這麼想，伸手進籠想摸摸看倉鼠，試著抓住倉鼠。倉鼠乖乖待在老子手裡不動。

老子瞬間就瞭解了。這重量……

「阿鼠……這個……不叫修理好了……」

老子剛這麼一說，之前那個孩子就來了，所以立刻不著痕跡地隱身到陰影中。

「哇，修好了！」

「這個倉鼠本來壞掉了，我已經修好了。」

欣喜若狂的孩子抱著籠子回去了，老子卻萌生一股不祥的預感。

之後，就引發了大騷動。

那孩子的母親怒氣沖沖上門理論。

「你這人，到底爲什麼要做這種事啊？」

她一開門，隨即把倉鼠籠放到桌子上大叫。跟在後面的孩子抽抽搭搭地哭個不停。

「我已經修好了。」

「什麼修好了，你到底是怎麼弄的，那個東西！」

「在內部組裝機械構造，毛皮處理過後再將機械構造……」

母親似乎在壓抑想嘔吐的感覺。

「根本不對啊！」

「我已經修好了，動作也是一樣的。」

的確，外表看來眞的很像，動作也是。但是，那不能說是「修好了」。

「唔，什麼動作一樣，你到底在想什麼啊。這是對生物的褻瀆，請立刻道歉！」

只要那麼一句「對不起」，對方或許就會消氣，但是對方是阿鼠，所以是不會道歉的。不論發生任何事，都不道歉。

「我已經修好了，動作看起來也是一樣的。」

「根本不對啊！活的生物會吃東西，有體溫。」

阿鼠這時候好像才開始思考。

「那就做能吃飼料的構造。可以散熱，產生溫度。」

「我在說的，不是那個！這是詐欺喔，完全就是器物毀損喔！我要告你！」

在事情變得棘手前，老子打算出面了。

「您好啊。」

母親望了臉頰刀傷一眼，雙肩明顯變得僵硬。

「咱家的年輕小夥子，好像給您添了什麼麻煩啦。」

老子從經驗瞭解到，像老子這種外表完全洩漏底細的傢伙，用詞彬彬有禮時，看來格外恐怖。

「這位太太，既然說到了要告，想必您這怒氣可不小啊。基於在下的立場，可是想要率領所有人上門道歉的呢。府上是在這附近吧？校區也在這裡。一年級的町田朱莉小妹妹，好可愛喔，妳家在哪裡呢？」

母親以護著孩子的姿勢，一點一點地慢慢往後退。

「如果在學校外面等朱莉小妹妹放學，就能知道家住哪裡了吧，叔叔們會一起過去道歉的喔。」

「啊，不用了，先告辭。」

一出大門，母親拉著孩子手臂往前衝。

籠裡的倉鼠，就這麼被留在老子與阿鼠中間。它還是以可愛的模樣，用急躁的動作走來走去，又或掀動鼻頭。但是，那個母親半發狂的反應也是可以理解的。就連老子，也對眼前的倉鼠萌生一股詭異的厭惡感。

「阿鼠，聽好囉。這不能叫做修好了，不是嗎？」

「我已經修好了，這個倉鼠只要換電池，就可以一直動。」

「動作或外觀，的確跟眞鼠沒兩樣。但是，怎麼說呢？眞要說的話，就是生命沒有修好。」

「生命是什麼？」

被正面這麼直接一問，老子陷入沉思。這倉鼠，只要待在籠子裡，動作看起來就是一模一樣。不論是活著的倉鼠，還是死後利用機械構造動起來的倉鼠，看起來完全一模一樣。要是不知情，就會覺得「啊，有倉鼠」吧。所謂的「生命」是什麼呢？是因爲暖暖的，所以活著嗎？是因爲會吃飯，所以活著嗎？

「總而言之啊，這隻倉鼠是死掉的倉鼠。這一點，阿鼠你應該也知道吧。」

「知道，內臟功能停止，早就僵硬了。」

對、對，你不是明白嗎，正想這麼說呢，他卻對老子說：「所以，我已經修好了。」

「如果，可以把那個內臟已經停止的功能恢復原狀，讓倉鼠不再僵硬，那就是阿鼠的勝利。那就是把生命修好了。但是，只要死掉了，這世上第一名的醫生來治，都是治不好的。任何人都治不好。」

「是的，所以才會把停止的功能全部移除，毛皮處理過後，在原本眼球的位置把感應器組裝進去。爲了讓它以模式化動作繞圈，把程式化的構造安裝進去。只要有調整，就能半永久活動。功能可以說是比以前的倉鼠更爲提升。」

「就跟你說……」老子想盡辦法試圖說明「生命」，可是老子心中就是沒辦法好好彙整用字遣詞。

「總而言之，阿鼠，以後禁止再修理生命。」

「爲什麼？」

「主人會生氣。」

「爲什麼會生氣？」

什麼爲什麼？爲什麼看到那個倉鼠會打哆嗦，老子自己都很難說明這種情緒了。老子東拉西扯了一堆，等到終於讓阿鼠說出：「明白了。我以後不修理生命。」老子已經累個半死了。

眞的明白了嗎？老子邊想邊望向那個倉鼠。只見倉鼠正以可愛的樣子，在角落掀動著鼻頭。

本以爲今後就不會再有客人上門了吧，沒想到「二手商品店．仙女座」的顧客絡繹不絕。只是，無論如何再也沒有說著「請幫忙修理倉鼠或貓仔」的傢伙上門了。

老子那段時間，不知道爲什麼就是愛泡在辦公室裡。至於小崎那邊呢，絕對是覺得「社長怎麼又來啦」，不過他每次只是說著：「現在要處理會計方面的事情……」然後轉頭面對電腦，而老子就會一如往常地從小窗俯視阿鼠。阿鼠就這麼散發著好像幾十年前就在那裡，而今後也會一直在那裡的確實存在感，在底下埋頭工作。

他的手部動作還是一樣快到超乎凡人。雖然也覺得，虧他腦袋不會陷入一團混亂吶，不過這對阿鼠來說，一定感覺普通吧。對於阿鼠而言，有屬於阿鼠自己的普通，那跟老子所說的普通不一樣……想到這裡，又想說老子這種人所說的普通，也不算普通吧。遇到阿鼠後，第一次開始思考各式各樣的事情，大概是因為一直以來身邊都沒有像阿鼠這種類型的傢伙吧。老子心裡也會把人分門別類，像是經濟很強的傢伙、武鬥派的傢伙、曾當過律師的落魄鬼。但是阿鼠，就是所謂「阿鼠」這獨一無二的類別。

又有孩子走了進來，實在有夠煩的。這裡可不是什麼幫人解決疑難雜症的區域諮詢中心。

年紀大概是小學高年級，是有在做什麼運動嗎，皮膚有點黝黑，正這麼想而已，看到那張臉莫名就是覺得哪裡不對勁。他的書包也很普通，自己也搞不清楚是怎麼回事，反正很明顯地就是有什麼不一樣。

老子想去說「這裡不是小孩子該來的地方，回去吧」，走下一樓一開門，發現那孩子雙手緊緊握拳。整個人實在太用力，都在發抖了。他是在忍著不哭出來。

聽那孩子開口說話後，這才終於領悟到了什麼。

「修……修離……請，幫忙修理。麻煩，拜託了。」

口音完全不同。還在想是怎麼一回事，原來是外國人的小鬼。孩子使勁抹了眼睛周遭。放到桌上的是某種紙片。

他的書包殘破不堪，而且還有各種形狀的鞋印。仔細一看，衣服上也有鞋印。看書包滴著水，多半是裡面的東西被塞到馬桶裡或什麼的吧。

散落在桌面上像拼圖一樣的東西，是照片。

老子莫名察覺到了什麼。小孩子的時候，每個人都還沒長大成人，對別人再殘酷的事情都做得出來。特別是對於性質易於常人的、在本身範疇以外的，不論再怎麼攻擊都會覺得無所謂吧。

「好，我來修理。」

喂，不只機材，連照片修復都做嗎？這有點算專業以外的工作了吧，本來是這麼想的，但是阿鼠的技能似乎是全方位無死角的。

「什麼時候好？」

「六天。」

一開門，阿鼠看向這邊。

「早安。」「嗯。」「你本來壞掉了，我已經修好了。」

老子稍微無視阿鼠的招呼，決定對孩子說個話。

「喂，要不要緊？叫什麼名字？」

「善，阮明善。」

好長啊[20]，老子心想。是東南亞的哪裡吧。

「國家呢？」

「約南。」

「家人呢？」

「爸爸。媽媽跟，妹妹住在，芽莊。」

老子實在看不過去，輕拍他的衣服，把泥土撢落。

「有沒有跟老師說？」

明善就像突然豎起背毛的貓仔，避開老子的手。

孩子會說的日文就這樣，父親就更不會說了吧。這孩子根本沒辦法找任何人商量吧。要是眼神更軟弱卑微一點，對方也可能沒多久就厭煩，跑去找其他目標，但是這孩子的雙眼彷彿炯炯燃燒著。

唉，大概是欺負起來覺得有成就感吧，老子心想。

「六天，懂嗎？」用手比出6。「六〜天，以後。」

「六〜天，以後。過來。」

孩子說著迅速低頭行禮，然後就走了。

受不了耶，什麼照片啊，心裡才這麼想，那拼圖藉由阿鼠雙手幾乎快完成了，讓老子嚇了一跳。

「啊〜」老子低吟。那是全家福照片，好像在慶祝生日或什麼的。可能是非常寶貝，每天都會看的照片吧。片刻不離地帶在身上吧。就是知道，才會選中這個的，應該是。

看得出來，那孩子爲了讓這張被撕得粉碎的照片能再次完整，任何一張碎片都不願遺漏地拚命全部收集回來。

老子這個像惡鬼般的討債人來說很那個就是了，就算是欺負人，也不

20. 日文發音表記採音譯「グエン・ミン・ティエン（Nguyen Minh Thien）」，故有此言。

能做到這種地步吧，身而爲人，有那條界線存在。老子是不知道這世上有什麼惡劣的小鬼，只是能把這種事情當作娛樂的傢伙，一定是有什麼地方壞掉了吧。

手臂受傷之類的總有一天可以痊癒，但是寶貝的東西被破壞成這樣，那種傷口是不可能痊癒的。

「阿鼠，這能修理嗎？」

「可以，我來修理。」

阿鼠的「我來修理」一如往常，沒有任何改變。

「要好好幫人家處理好啊。」

阿鼠又說出要去圖書館，老子有點好奇他要怎麼修，所以跟著去。阿鼠跟上次一樣，把書堆得像小山一樣。

本以爲是電腦書，結果不是。

老子以爲當然是用掃描機，然後再用電腦手腳俐落地弄一下，最後重新印張新的出來，就能完成修理。

但是，不是這樣的。

阿鼠所謂的「我來修理」，並不是修改檔案資料，重新印刷那種普普通通的做法。

阿鼠將一台大到不行的顯微鏡搬進工廠，才納悶他在幹嘛，後來發現好像是投身於小數點以下零點多少公釐的世界中，企圖將碎片重新接回來。那種東西，就算接回來了又能怎樣，老子心想。接好了以後，破掉的部分還是會很明顯啊。

「那個，就算接回來了，破掉的部分不是也看得出來嗎？」老子嘗試這麼說，「相紙透過底層的三層混色……」阿鼠隨即像是朗讀某本書裡的一字一句似地開始滔滔不絕。「啊，那方面老子懂了、懂了。」

後來明白，他好像是想要上色。話是這麼說沒錯，不用想也知道，就算接得很漂亮再乾燥，破損部分還是會變得像是偏白的網眼一樣。在上面手工上色，不是反而會更明顯嗎？結果，阿鼠輕而易舉地就超越了老子的想像。

他拿出棒狀物，可以看到尖端有什麼東西，那裡黏著一根比針還細的毛。

「阿鼠，那是什麼？」

阿鼠理所當然似地回答：「上色工具。」然後開始在調色板上調起各種顏色。

他一邊窺視顯微鏡，同時用那根毛點上一點。

該不會是……心裡才這麼想，結果正是如此。阿鼠爲了重現照片畫面，打算用這根毛一點一點地點到完成爲止。阿鼠就這樣從早到晚窺視顯微鏡，持續點畫著那細小的點點。

就算阿鼠像這樣曠日廢時地修復照片，人家要撕破的時候還是會撕破吧。所以老子把「豐田 Celsior」停在學校附近，決定姑且先看看情況如何。

那眞是有夠悽慘的，不論任何人全都視而不見，經過的老師一副不以爲意的樣子特別讓人耿耿於懷。老子不動聲色把車子開上路，回家路上看見其他孩子重複用球扔明善的頭，一直鬧他，明善想要打他們，就被兩人組壓制住，其中一個開始踢他肚子。大概是高年級學生，身體比明善大了一、兩輪。雙方體格差距這麼大，哪有辦法反擊。這場擊潰人心的遊戲接下來仍然持續著。巧妙避開他人耳目，搶走書包把人誘到河灘的手法，眞的是連成年人都自嘆不如。

書包裡的東西立刻就全被倒到地上，其中的筆記本還有所有東西都被扔到河裡。那些孩子看著漂浮在河裡的筆記本，哈哈大笑。儘管如此，明善還是堅持不讓眼淚掉下來，咬緊牙關想要忍耐撐過去。不知道是覺得再抵抗也沒用，還是怕靠近河流會被扔下去，他最後只拿起空空的書包就走了。
家長爲了在外國生活下去，大概也是竭盡所能、毫無餘力了吧。
唉，要堅強地活下去啊，異國少年，老子心裡雖然麼想，但是感覺下次好像會跑來委託筆記本的修理，那可就麻煩了。阿鼠後來就全心全意投入照片修復，其他工作或任何事情都毫無進展。
不管這麼多了，老子先站到還在捧腹大笑的高年級學生身後不遠處。
「感覺滿有意思的嘛，也讓叔叔看看吧。」
一臉蠢樣的三人組抬頭仰望，看到什麼了呢？就是老子這張閃亮亮的笑臉，左臉頰上帶著刀傷。對方見狀想逃，老子立刻出手抓住其中一人的後方衣領。
「哇，好玩、好玩，鉛筆盒放水流啊。」
面對那幾張「哈、哈、哈」地流露討好笑容的臉，老子突然板起面孔。
「剛剛在玩吼。」

「嗯、嗯。」他們乖乖點頭。

「教你們更好玩的吧。」

老子用腳輪流頂那些孩子的肚子，讓他們以像是屁股著地的姿勢輪流跌坐在水裡。隆冬之際，水浸到肩膀，冷得要死吧。

「鉛筆一枝不剩地撿回來之前，不准上來，聽到沒。」

老子邊抽菸，慢慢等著。

孩子全身發抖，一邊把鉛筆盒還有筆記本放到老子腳邊。

「這些是全部了嗎？」

發抖點頭的三個人又被老子踢進河裡。

「不夠。」

「這些就是全部了。」

「老子就是覺得這不是全部。」

像這樣大概重複兩輪以後，本來想再踢進去一次的，看他們因爲太冷哭了出來，所以就收手了。做善事之後，天空也變得好藍，菸的滋味抽起來也更棒了。

鱷口把阿鼠的故事講到這裡，隨即伸了一個大懶腰。從天橋上眺望的車站前人流沒有中斷過，其中有拿著蛋糕盒走路的親子，是今天要在家慶祝聖誕節吃的吧。

如果是要挑在剛剛好的時機，前往那張照片的場景，時間上也差不多了。

超商店前也擺出桌子，陳列像是聖誕節套組的東西，戴著三角形紅帽子的店員高聲叫喊：歡迎光臨！不知何處傳來聖誕鈴聲的曲子。想必這棟車站大樓的牆面，也會亮起龐大的聖誕燈飾吧。

「那孩子被扔到河裡的鉛筆盒，後來怎麼了呢？您是洗乾淨之後，還給他了嗎？」

可能是還掛心剛剛故事的後續，平坂說。

「那些東西弄得都是泥巴，連碰都討厭，所以就放著不管了。別看老子這樣，潔癖還滿嚴重的呢。」

平坂瞬間流露「還眞過分哪」的苦笑，隨即又恢復原本淡然的表情。他隨後以一副「差不多該走了」的樣子，收拾起酒宴的垃圾。

「那種東西，這裡的人不是誰都看不見嗎，放著啦。」鱷口說，平坂卻說：「也是啦，的確是看不見，不過就這麼放著不管，心裡還是會不舒服。」然後把收拾好的垃圾放進垃圾桶。

他們優閒漫步，朝小學走去。

走在路上，聽到孩子在公園裡的聲音，就像是嘰嘰喳喳的麻雀。圍著圍裙的老鳥與一身運動服打扮的菜鳥幼教師二人組，出聲對跑步的孩子加油。孩子拚了命地跑。「喂～加油～！」老師這麼大叫，那非比尋常的高亢聲音讓人不自覺發笑。孩子脹紅著臉往前衝。是在接力嗎？最後兩位老師也衝了出去，還眞有活力啊。看到菜鳥老師落後，孩子異口同聲地大叫「美智老～師」。平坂也隨之駐足，似乎正專注凝視那樣的場景。鱷口稍微前進了一段距離後，平坂還在看。是有這麼喜歡小孩子喔。

話說回來，鱷口想。回到過去看自己本身，會是什麼感覺啊？有另一個自己，還活蹦亂跳地活在這個時間點。

鱷口與平坂在小學前面等著，鐘聲隨即響起，好像是小學生的放學時間到了。最近的書包，什麼橘的啦、紫的啦，有夠多采多姿的耶，鱷口才這麼想，有個人，那個頂著一張稍微黝黑臉龐的明善走了出來。說到日期，大概是因爲就在河川事件隔天，只見他謹愼環顧四周。發現沒人來找碴，他看起來似乎覺得不可思議。也是啦，聖誕節近在眼前，整個天寒地凍的，那些傢伙被踹進河裡那麼多次，多少也發揮了一點懲戒作用吧。說不定感冒或什麼的，請假沒來。

他們可能也知道自己有錯吧，最後也不知道是怎麼把頂著冬天的天空游泳合理化的，總之似乎沒有特別引發什麼騷動。

明善留意身後動靜，一邊前進，緊接著突然嚇了一跳，停下腳步。那些高年級學生就站在十字路口。

「看看，就是那些傢伙、那些傢伙啦，那張臉感覺就是會做什麼無聊事吧。」鱷口指向他們，對平坂說明。其中一人穿著鬆垮垮的衣服，一副自己是大尾流氓的樣子，另外兩個就像老大跟班似地隨侍左右。

那些高年級學生避開視線，彼此交頭接耳不知道說了什麼，就直接離去。明善站在原地，持續眺望他們的動向。看起來像是莫名其妙，同時也鬆了一口氣。

這並不是結束。外國人在日本，只是生存下去並不難。但是要學會語言，培養出能融入當下情況的言行舉止，交到不只是表面的朋友，或許，非常困難。這只是戰鬥的開始呀，異國少年。

但是就只有今天……

你是可以安心前進的呀，鱷口想。

鱷口與平坂兩人跟在明善的身後，遠遠可以看到工廠時，明善的腳步逐漸加快，他就像是要跑進去似地打開門。那是什麼事情都沒發生過的去年聖誕節，一如往常的工廠。鱷口萌生奇妙的感覺。當時還活著的自己，就在眼前，人活著，蹺著腳，用一副不可一世的態度坐在椅子上。阿鼠還是老樣子，正極度講究細節地投入作業。

鱷口嘗試對過去的自己出聲。「喂，過去的老子，跟你說話啊，聽聽嘛，喂。」過去的自己只是坐著，好像什麼都沒聽到。

平坂說：「非常抱歉。就算回到了過去，不論任何人都無法看到我們的。所以，像是出聲攀談、改變命運之類的事情，是做不到的。唯一能做的，只有在這裡拍照。」

哼，鱷口用鼻子噴氣，雙臂抱胸。「所以，也不能去說『之後要注意背後走路啊』之類的囉。」

「嗯，改變命運的行爲會是最大的禁忌。不過呢，實際上也是不可能的。」

就在兩人說東說西的同時，明善開口了。

「你好。」

他用聽來還是很奇怪的音調這麼一說，阿鼠抬起頭來。當時還活著的自己不經意望著兩人，阿鼠拿出一張照片放到桌上。

「這張照片本來壞掉了，我已經修好了。」

哇~明善輕輕撫摸照片。然後，稀里嘩啦地哭了出來。不論是任何國家，情感都是一樣的。

「這個叔叔呢，用顯微鏡接好的。顏色也是重新畫上去的。從上面，再進行一次塗層加工……就是啊，塗上藥水讓表面平滑喔。」

鱷口對明善說明，同時用下巴示意放在裡面的顯微鏡，明善用邊哭邊笑的表情展露笑容。

付款不是收特殊費用，而是最便宜的價錢。明善付錢時，用的幾乎都是零錢。

從旁看著他們對話的鱷口，對平坂出聲道。

「平坂先生啊，剛剛那台『萊卡』拿來吧。」

平坂拿出測光表測光，站在所有人都能入鏡的位置，窺探「萊卡IIf」。他又不知道操作了什麼，然後說著「請用」，遞出相機。

鱷口一接過相機，就窺視那小圓窗。將邊哭邊笑的明善，一如既往的阿鼠，還有自己納入方框中。

自己還是那副老樣子的容貌，阿鼠也還是頂著他那張寒酸臉沉默不語，明善則是不知道在哭還是在笑，一張臉皺巴巴的。古里古怪的情景。

但是，還不錯呢，鱷口想。

一按下快門，感覺像是「叩咚」一聲的沉靜觸感。

明善一邊數度道謝，一邊離去。

「把歸還照片的日子訂在今天聖誕節前夕，是阿鼠要送他的聖誕禮物嗎？」鱷口這麼問。由於阿鼠已經開始詳細述說花了多少時間在作業工序上，鱷口笑著說：「算了、算了。」略過了這個話題。

明善後來，很快又回來了。

明善遞出來的東西，是用某種葉子將糯米包成四角形，口味特別的食物。

一眨眼，又回到了之前的照相館。

「辛苦了，」平坂說，「在下來沖個咖啡吧。」總感覺像是結束了一段漫長的旅程。鱷口說：「砂糖兩大匙，稍微加點威士忌。」

耳邊稍微傳來磨豆聲，周遭開始彌漫宜人香味。

「在那之後幾個月，老子呢，就被人從後面刺殺了吧。」

鱷口這麼一說，磨豆聲立即停止。

「那可是做好覺悟的一刺呢。也不知道是誰，大概是有懷抱各種怨恨的傢伙吧。糟糕的是，正當老子掙扎地想到店裡去的時候，正巧跟通勤途中的阿鼠撞個正著。看到渾身是血的老子，他大概嚇壞了吧。」

鱷口開始選起照片，平坂將沖好的咖啡放到一旁說：「在下去暗房顯像。」

「請問，您要來看看顯像狀況嗎？」同時也這麼說，不過鱷口心想，兩個男人在暗房獨處，也挺悶的吧。

「不了，交給你。就用會弄出一等一佳作的感覺去洗吧。」

「是的，明白，請交給在下吧。」平坂也展露笑意。

一疊又一疊四十七年份的照片，像這樣一張一張仔細看下來，老子的人生還眞是充滿各式各樣的經驗呢，鱷口想。正覺得，這種東西一時半刻怎麼選得出來嘛，後來果然一張張看得入迷，挑選起來，需要一定程度的時間。最初的結婚與離婚、已經沒見面的孩子。第二次結婚。出獄那天……

這段時間是有多投入呢。

平坂面對選完的那疊四十七張照片前，出言慰勞：「辛苦您了。」

「剛剛的照片，也洗出來了。」

平坂以像是託付剛出生嬰兒的慎重手部動作，輕輕遞出照片。

鱷口接過那張照片。他坐著，專注凝視照片。來看看那什麼 F2.8 Elmar 拍起來有多好吧。

那是一張黑白照片。什麼嘛，黑白的喔，起初覺得沒有顏色很沒意思。

那幅光景非常立體，照片則表面光滑，只是平面的。但是細細端詳，整體成像會讓人感覺眼前的場景輕微剝離，就像整個人直接被帶入其中一般。正中間，一臉泫然欲泣同時也在笑的明善，側臉有顆淚珠正處於要掉不掉的時刻，就連那一小顆淚珠都確實擁有溼度。最內側的自己的臉龐，前方一如既往的阿鼠嬌小身影，就連衣服縐褶，在那黑白的柔和光線中，都如同名畫的一幅場景，看起來是如此協調。

總之呢，就是一句話，是張好照片。

「你看看，老子的拍照技術也是有兩把刷子的吧。」鱷口這麼一說，平坂也展露笑容，「嗯」一聲回答。

「用這張，要進入最後收尾了。」

一遞出照片，平坂又窩進工作室。

在平坂完成某種作業前，鱷口將冰塊放入玻璃酒杯，任意倒入威士忌，用手指在酒裡畫個圈，持續喝酒。不經意一看，發現立式相框中有張照片。什麼東西啊，平坂先生，竟然拿自己的照片當擺飾，不會太自戀了嗎？心裡才這麼想，頓時又回想起來。沒有記憶的平坂，手裡只有一張謎樣的照片。

這就是他說的那張照片啊，鱷口心想。喜歡推理連續劇的老子，就來幫你推理一下吧，他於是專注眺望照片。

背景是山，平坂一臉幸福地笑著。

過了好一會兒，由於平坂來叫他，鱷口於是以嚴肅神情傳達了神啟。

「這個呢，是買下這座山的安心臉龐呢。平坂先生，你生前是種香菇的農家。」

「種香菇……的農家。」

「你長得就是一副喜歡香菇的臉。這是吃到好吃東西時的笑容，不會錯的。」

這樣嗎，平坂一臉不以爲然。「對啦，以前是個好人就是了。」

兩人暫時眺望著照片。

「完成了，請往這裡走。」平坂請他來到對面的白色房間。鱷口蹺著腳、雙臂也抱著胸，身體整個靠在沙發背上。身體有種恰到好處的柔和、溫暖感覺。

清一色白的房間中，走馬燈已經被點亮，光線延伸至白色地板。

「這座走馬燈將開始旋轉，請細細觀賞，直到它停止旋轉為止。燈停止後，您就要啟程了。」

照片在內部光線的照耀下，看起來也像在發亮。

「那麼，開始。」平坂說著，用手觸摸走馬燈。

走馬燈旋轉著。也是啦，任何東西像這樣一轉起來，看起來就會滿漂亮的吧，他想。就算是最後被某人刺死的這種生存方式，也一樣。

「實在是沒勁的人生啊。」

一歲自己還胖嘟嘟的臉蛋，隨著兩歲、三歲、四歲開始縱向拉長。那時候離家的媽媽，現在還活著嗎？如果還活著，看到老子的死亡新聞，會知道是自己的孩子嗎？從這時候看來，長相也已經截然不同了。照得好的那些照片大概也會被任意使用，所以這張窮兇惡極的臉，也會在一般人家的客廳播放吧。

自己這一路持續選擇的分岔路，最後連接到的是渾身是血的那一天啊，他心想。

他眺望著，自己九歲的那張照片。人在公園攀登架最高處，眺望遠方。如果說，從這時候開始選擇了不一樣的分岔路呢？例如某天的選擇——把那個惹火自己的老師痛揍一頓，又或放過不出手，像這種分岔路的判斷，其中只要做出那麼一個不同的判斷呢？

唉，就算重新來過，感覺也還是會痛揍一頓就是了。搞不好還會補踹個兩、三腳。不，當初就已經做過了吧，絕對。這次，還要補個頭槌給你，混帳臭老師。

人生，沒有「如果」，也沒有「要是」。現在，就是由自己不斷選擇岔路的結果形塑而成的。

但是，如果……

「下次投胎的時候啊，就來做個二手商品店吧，唉，說平淡也實在有夠平淡的呢。」

鱷口這麼一說，平坂平靜浮現笑意。

模糊的色彩，逐漸出現輪廓。黑與白，到了人生的最後一張照片了。最後一張照片，是跟一臉寒酸的大叔還有正在哭泣的小鬼一起拍的，唉，要說淒涼也算是淒涼吧。不過呢，這種的也是有的吧，他想。

「掰囉。」

鱷口低喃。

隨著速度減緩，光線越來越強烈。一閉眼，鱷口的意識就像入睡時變得有些迷濛。

走馬燈停止了運轉。

◉

光線越來越強烈，房間內籠罩在一片白色之中。

鱷口的身影彷彿融化在強光中，越來越稀薄，當光線恢復正常時，已經到處不見鱷口的人影。

平坂身處於再次只剩他一人的房裡。他正面對鱷口的走馬燈，只點亮手邊微小的照明，在做紀錄。他面對停止的走馬燈，任思緒翻騰馳騁。

鱷口的走馬燈剛剛散發出多層偏藍的顏色，同時也在純白地板上灑落強烈光芒。

走馬燈向著這邊的那面，正好有張黑白照片。是拍攝鱷口、阿鼠還有孩子的最後一張照片。阿鼠頂著一張眞的只能稱之爲「鼠」的臉站著。

總有一天，在那遙遠的未來。兩人再次經營二手商品店的日子能降臨就好了，平坂像這樣，獨自讓思緒翻騰馳騁。

手一伸進口袋，碰到了什麼。早就完全忘了，那是鱷口說著「喂，拿去啦」，硬塞給他的點心。仔細一看是巧克力，包裝上寫著「聖誕快樂」。鱷口這有點讓人費解的貼心，讓平坂露出苦笑。

記錄的那隻手，再次動了起來。平坂在走馬燈前，回想鱷口說過的話，一邊寫在紀錄用紙上，房裡只聽得到「沙沙沙」振筆疾書的聲響。

送貨員矢間很快就來了吧。懷抱著他一如往常的愉快心情，用他那蹦跳似的腳步聲。很久沒邀他了，問問要不要一起喝杯茶或什麼的吧。總覺得，現在的心情很想找人好好聊一聊。

◉

……會掉下去。鱷口心想。

鱷口一回神，發現自己已經站在小崎枕邊。

這是，搞什麼東西啊。

而且，爲什麼是小崎啊。

這該不會就是傳說中的那個「託夢」吧。

話說回來，這房間還眞髒，也稍微整理一下嘛，他想。被窩什麼的就像是萬年不收，周遭空的泡麵碗啦、感覺像超商賣的漫畫啦堆積如山。小崎半張著嘴，整個人呈大字型。

鱷口對著小崎突然就是一踹，腳尖確實傳來觸感，太好了。

「給老子起來，小崎！」

「欸～欸！鱷口先生在醫院……拜託不要變厲鬼跑出來啦，南無阿彌陀佛！成佛！惡靈退散！天國在那邊，那邊！」他說著指向玄關。

「說誰惡靈啊幹！」

一踩住他腹部，腳底也有觸感。這感覺可有意思了，鱷口開始唱著歌，就像用踏板上下踏步一樣踩個沒完。

「老子要交代你一句遺言。」

鞋底傳來氣喘吁吁的聲音。

「好好照顧阿鼠，另外也要幫忙打理那個工廠，要是爲了什麼無聊的事情開除他，就給老子好看，混帳東西，到時候會每天變厲鬼出來的，給老子記清楚了！」

臉一湊近，他隨即發出「兮～」的怪異聲音想逃。

「知道了、知道了！我會乖乖照做的。」

爲了看來更像厲鬼，鱷口雙眼圓睜，雙手無力地垂在胸前像在說「好恨哪～」。

「老子的詛咒很厲害喔……打開飯鍋也會看到老子說『好恨哪～』，還會從蓮蓬頭洞洞鑽出來說『好恨哪～』。」

「就說我知道了嘛！」

小崎裹著棉被，整個人縮成一團。

接下來一回神，鱷口已經站在「二手商品店・仙女座」前面。

「修理」的招牌，還好端端掛在那裡呢。

一走進去，工廠桌上滿滿都是十分複雜的計算公式或某種圖面堆積如山。總以一釐米的精準度受到整頓的工廠，有些雜亂。是非常著迷地投入某種修理了吧。

阿鼠只要忙起來，就會像以前做過的那樣，在工廠空位鋪上一條薄薄的毯子，直挺挺地像棍子一樣睡在那裡。

「阿鼠、阿鼠。」一搖他，阿鼠就醒了。是身體不舒服嗎？面頰部分凹陷，一張臉總感覺好憔悴。這麼看起來，更添幾分老鼠的感覺。阿鼠直接起立。鱷口受到牽引，也跟著站起來。

「早安。」他一邊環視四周，似乎是對於周遭還很昏暗感到奇怪。「你本來壞掉了……」

本以爲他會說出那句固定台詞，但是不論過了多久，那句「我已經修好了」就是沒說出來。怪了，鱷口想。

「對不起。」

就在剛才，阿鼠嘴裡竟然吐出了「對不起」這句話，讓他打從心底感到驚訝。就算之前說破了嘴要他道歉，不論如何都沒道歉過的阿鼠，剛剛道了歉。

「喂，阿鼠，現在是怎樣啦？怎麼了，你這傢伙是吃錯藥囉？」鱷口莫名覺得好笑，不由得笑了出來。

阿鼠專注凝視這裡。

「你壞掉了。可是，我修不好。」

阿鼠持續站得直挺挺地動也不動。

「我每天都調查。可是，我就是修不好。」

然後沉默了好一會兒的阿鼠，開了口。

「我好想要修好。」

又悶又熱睡得很不好。小崎彈了起來。「什麼夢啊……」因爲昨天，死去的鱷口站在枕邊說：「給我好好照顧阿鼠，要是炒他魷魚，老子每天都會變厲鬼出來纏你喔。」而且還被他踩得很慘。就算醒了，身體每個部位都在痛，一看被踩的肚子，還有淡淡的瘀青。他慌慌張張抓著錢包衝到超商買鹽巴。「那個，是沒有大袋的喔。」雖然這麼問，但是好像正好缺貨，只有小瓶的，小瓶的就買個五罐吧。雖然有加蒜頭，不過呢，鹽巴就是鹽巴，他想。

雖然只要說出「死掉的鱷口站在我枕邊」就會被笑說胡說八道，但是那是眞的。小崎隨身攜帶小瓶鹽巴，覺得要是鱷口下次再變厲鬼出來，就能穩當地送他回地獄去。

那個奇怪的男人——阿鼠，人在工廠中。阿鼠在鱷口社長死後也沒有什麼特別的改變，就是勤勉地投入某種作業，真是讓人搞不懂的傢伙呀，小崎想。

也不知道外面是怎麼在傳「二手商品店．仙女座」的，顧客沒有減少，每天都有人接二連三上門。

阿鼠好像是在修理上次那隻倉鼠。

「那隻倉鼠怎麼啦？要裝個渦輪進去看看嗎？」

阿鼠沉默地開始卸除電池。

然後雙手捧著那隻倉鼠，走到外面去。對於阿鼠這樣的行動，小崎總覺得很好奇，所以也跟了上去。

阿鼠以毫不猶豫的腳步一抵達河堤，就輕輕將倉鼠放到地面。撥開草，用地上的木棍開始挖土。土很硬，起初幾乎挖不動，不過慢慢地就把土挖鬆了。

旁邊地上也有花盆碎片，小崎順手撿起來幫他一起挖。

把倉鼠埋起來之後，兩人不由自主地雙手合十。

可以聞到周遭泥土的氣味，野草隨著乾燥的風搖晃。可以看到在河堤上跑步的人，以輕快的腳步橫越眼前。視線往上移，飛機雲在藍天描繪出一條線。往旁邊一看，阿鼠也同樣仰望天空。

兩人就那麼持續凝視藍天，直到那條線融入背景的藍。

叄 與美鶴的最後一張照片

人生写真館の奇跡

腳步聲逐漸接近。彈跳般的節奏，就連腳步聲都感覺樂在其中。「通、通、咚咚通」的敲門聲，感覺很快活。

「送貨、送貨呦~平坂先生~」耳邊照例傳來這樣的聲音。

明明每次做的都是同樣的事情，矢間還是老樣子，感覺很樂在其中。平坂這麼想，一邊開門。

矢間人就在門外，帽子往後反戴，今天難得好像沒推推車來。

「今天的訪客，是這位。」

他說著，單手遞出信封。這次的照片，量少到不用推車能直接拿來啊，平坂心想。說不定，還是個孩子。

平坂正準備簽收。

「照片有是有啦，不過這次沒工作喔。辛苦了，我想，你直接在屋裡喝個茶就好，然後事情就能了結囉。」

矢間說出了這番出乎意料之外的話來，話說回來，以前也有過這種事，他回想起來。雖然很罕見，不過還是有這種死而復生的例子。

「是嗎，太好了。看這照片的數量，應該還是個孩子，能復生眞是萬幸。」

矢間頓時面無血色，平坂沒有錯過這樣的變化。

平坂說：「把個人檔案資料給我看看。」

話說回來，矢間以前總是開著玩笑，把個人檔案資料遞出來給他看，這次卻輕挾在腋下沒打算翻開。都說了「給我看看」，卻還是杵在原地沒動作。這種表現還是破天荒頭一遭。

「給我看看。」

「這孩子是飽嘗痛苦的二度死亡，最後還是死了。我想，還是別瞭解得太深入比較好啦。所以平坂先生你就在這裡，優閒喝個茶……」

「給我看！」

語氣變得粗魯。

矢間拿出的個人檔案資料……貼著紅色便籤。紅色便籤是在警告，這是殺人事件或自殺，他人之手導致的死亡。在他閱讀內容的同時，矢間出聲說：「我說啊，平坂先生，平坂先生什麼都不能做喔。改變命運是我們的禁忌，所以罪責是很重的。撇開這個不談，不論做什麼，引導者都是無法改變既定命運的。」

「……我明白啦。」

「爲這孩子泡杯好喝的茶或什麼的吧。」

矢間說完這句話，就走了出去。

才剛察覺到有其他人的動靜，就發現已經有個孩子躺在沙發上。這孩子，好像就是下一位訪客。

年紀還很小，頭髮好像是用電動推剪胡亂理出的小平頭。她骨瘦如柴，像被夢魘糾纏似地緊閉雙眼。她穿著破舊的刷毛外套，可以看到裡面英雄戰隊圖樣的T恤，從黑色短褲伸出的腳，伸得筆直。看起來，似乎還睡得很沉。

平坂避免發出聲音，從信封中取出照片，在接待櫃台上輕輕攤開。

平坂的手停了下來，也不知道就那麼停了多久。然後雙手才又以慢吞吞的動作，將照片放回信封，接著望著沉睡的孩子。

可能是感受到什麼動靜了吧，那孩子受驚般地突然睜開雙眼。

重複眨動的雙眼，與平坂四目相接。

「……歡迎光臨，山田小姐。」

那孩子，果然對他很警戒的樣子。受驚似地用手臂掩護臉部，身體在沙發角落縮成一團。

「那個，山田小姐。在下在此恭候多時，您會來到這裡，是早已經決定好的事情喔。」

她雙眼驚恐，一動也不動。

「美鶴……小姐，美鶴妹妹。」

這麼一說，她微微點頭。

「美鶴妹妹，喜歡什麼呢？在下幫妳拿蛋糕過來，果汁也是，這裡什麼都有喔。大哥哥呢，是經營照相館的。來，我們來這邊的房間，到裡面來。」

美鶴的肩膀一抖，搖著頭。突然獨自一人在這間照相館裡醒來，好像還是會害怕啊。這麼僵下去也不會有任何進展，他決定說出事實。

「美鶴妹妹，美鶴妹妹已經死掉了，之後會上天堂喔。」

美鶴面頰有些泛紅。

「這裡呢，是像導覽地圖一樣的照相館。所以，死掉的人都會來到這裡。妳已經什麼都不用擔心了，不要緊了。大哥哥我呢，就是負責導覽的人喔。」

「我死掉了喔。」

那是虛弱到幾乎聽不到的聲音。平坂直接點頭，她隨卽緊盯自己雙手。
「是啊，雖然很遺憾……」
美鶴還是低著頭。
「還有一點時間，跟大哥哥一起去哪裡玩吧。」
美鶴搖搖頭。
「我們去公園，吃個巧克力吧。盪鞦韆啦、投接球啦、烤地瓜啦……很好玩的喔。」
美鶴她，對於巧克力那個詞彙似乎有點反應。
「妳喜歡，冰淇淋嗎？」
是在猶豫嗎？她的雙眼左右移動著。
「已經不用擔心囉，像這樣引導各種不同的人，就是大哥哥的工作喔。還能時間旅行喔，拿著相機去旅行。」
開啓器材室大門讓她看時，美鶴困惑著，一邊點了頭。

「一起去吧，很好玩的喔。大哥哥會帶相機過去，等我一下喔。」

他從器材室裡拿了一台相機出來。那是一位來到這裡的健談訪客推薦的相機，也是自己最熟悉的一台相機。

「這個呢，是叫做『尼康（Nikon）F3』的相機喔。是一台很棒的相機。」

美鶴對相機似乎毫無興趣，視線立刻就挪開了。

「那麼，從這裡出發吧，請站到大哥哥身邊來。」

美鶴還是稍微保持距離，站到門前。

平坂從美鶴最後的照片中，所選出的日期是三月十六日。

◎

腳底感覺不太對勁。是坡道，平坂與美鶴正站在兩線道的山路上。附近還是一片昏暗，從群樹縫隙之間，可以看到山稜線已經開始迸射出光線。這突然的移動讓她受驚了吧，美鶴雙肩驟然一震，感覺就要朝山腳方向跑。

「不要緊，不要緊喔。我們稍微走下山，遇到公車站就搭公車吧。我們來找可以玩的地方吧。」

美鶴在平坂身後離得老遠，步履蹣跚地前進。這條路就在美鶴家附近，理應還存在她記憶中，應該是還有印象，不過看來似乎是不知如何是好。她似乎也不知道就這麼跟著走好不好，好像是覺得除了跟著平坂，別無他法。

在這條一旁有護欄往前延伸的山路，往下走了好長一段時間後，這才終於走出去，來到田間可見零星人家的地方。看到公車站了。公車站爲了避雨，設有小小的屋頂，構造像間簡易小屋，其中設有木頭長椅。一看牆上的車班表，知道一小時只有兩班車。平坂與美鶴分別坐在長椅的左右兩端。

是什麼鳥呢？清早的空氣中，鳥鳴聲在遠方迴盪。

是棒球社的學生嗎？一個拿著大包包的學生，一屁股坐到長椅正中間。是愛睏嗎？頻頻打哈欠。

不久後，公車來了，平坂他們上了車。美鶴坐到最後面的座位。

平坂任憑身體隨著車行晃動。鄉下的公車，站與站的間距還真長呀，他心想。不久後，有一家人上了車。孩子是男孩，被父親抱著坐在膝蓋上，心情很好。母親的隨身物品有野餐墊、水壺還有便當袋。是想拍攝全家福嗎，身上還掛著一台大相機。

公車持續前進，開進越來越開闊的區域。平坂聽到「中央公園前」的廣播，用手向後方座位的美鶴示意。平坂他們跟著那一家人，也一起下了車。

冬季已經進入尾聲，即將迎接春季的宜人時期，陽光很溫暖。

「美鶴妹妹，那裡有超商耶。只要是妳喜歡的，大哥哥什麼都買給妳喔。」這麼一說，她的表情雖然還是很淡然，雙眼卻出現光芒。

一走進超商，美鶴雙眼就到處巡視貨架。看到從前面走來的顧客，就這麼穿過自己的身體，她驚訝地發出「啊」的一聲。

「這裡的人，不但看不到大哥哥跟妳，也聽不到喔，所有人都是。所以，可以放心喔。」

美鶴正撫摸著自己肚子那邊確認。

「妳有聽過供品嗎？對於已經不是人的，會供奉水果或食物吧。那些東西，也是可以確實吃到的喔。來，妳試著指出喜歡的東西。」

她起初還很客氣，不過當他一說：「不用擔心錢的問題。不論多少錢，喜歡多少就買多少，沒關係喔。」隨即用手指開始到處指。她每次一指，平坂就集中意識，把爆米花的袋子或棉花糖等，嘗試慢慢拉一個分身出來。看到東西像魔術一樣一分爲二，美鶴好像很驚訝。

之後，由於美鶴緊盯著他看怎麼付錢，所以只做個形式也好，他說了聲：「我先付錢喔。」就對看不到自己的店員說：「不好意思，這裡是錢。」假裝付錢給她看。

抵達公園後，他們先享用點心。美鶴可能早已飢腸轆轆了，吃了很多。公園有各式各樣的遊具，到處都是遊玩的親子很熱鬧。

美鶴似乎不知道接下來該怎麼辦才好，所以他嘗試邀她去玩。他讓她坐上盪鞦韆，輕輕推她後背；他試著與她一起滑下溜滑梯，一旦加速，她就會叫出聲；那裡也有水池，所以他試著邀她向水池扔石子。不久後，可能是慢慢覺得好玩了吧，她就算是一個人也開始玩了起來。平坂用視線追逐著她的身影，在水池飛石一塊一塊跳躍，一路跳到那邊去的身影、伸長雙臂吊在吊環上的身影……

爬上一段山路的那邊，好像有展望台，他試著約她過去看看。「美鶴妹妹，要不要去展望台看看呢？」

據說徒步一般是二十分鐘，走過去再回來好像剛剛好。

堆積落葉的石階，在森林中往前延伸。

一開始往上走，公園的喧囂也逐漸遠去，周遭只有踩在落葉上的些許聲響，空氣很澄淨。

在樹葉落盡、光禿禿的樹枝上，可以看到唯獨一處有像球一樣圓圓的綠色東西。

「美鶴妹妹，妳看。那個，是槲寄生喔。只有那個地方，是別的樹喔。」

美鶴抬頭看過去。

他們一步一步邁上階梯，展望台就要到了。他也不知道美鶴有沒有在聽，就是嘗試講東講西的。

「這台照相機，鏡頭是叫做『尼康 GN Nikkor』的鏡頭，就像這樣很薄，登山的時候也不會麻煩喔。」

他秀出鏡頭，她往這裡瞥了一眼。「看，就像這樣。」然後給她看原本斜背的掛繩。

「美鶴妹妹要不要照照看？我會先設定好，妳不用管對焦那些，只要把想照的放進方框，自由去照就好。」

他幫忙設定成不論何處都能輕鬆對焦。

「拿去。」一遞出相機，美鶴似乎想透過那台相機窺視看看了。平坂將掛繩掛到她的脖子上，美鶴一拿起來，照相機看來變得好大。她開始透過相機，隨處窺視。他教她快門還有底片捲動位置後，她起初還戰戰兢兢的，不過慢慢地就能以輕鬆心情隨處拍攝了。

平坂捷足先登一來到展望台，就知道登上階梯的美鶴正在拍這邊，他大幅揮手。「就快到展望台囉，辛苦了。」

有一家人在展望台這裡。女孩正大聲地不知道在喊什麼。

「學校的老師！」

那個女孩單手抵著一顆圓形岩石。

接下來，看來像哥哥的男孩同樣是單手抵著圓形岩石，大叫：「太空人。」另外也叫道：「ＮＡＳＡ職員！」

「哥哥，不能兩個啦。」哥哥被人這麼一說，笑了。

「希望你們能順利從事那些工作。只要別忘記做功課，好好加油，一定可以從事那些工作的吧。」母親輕撫兩個孩子的頭。

「ＮＡＳＡ職員啊。這樣的話，得多多加油了呢。」父親也笑著拍照。

這裡景色也很好，他們拿著相機互相拍照。如果，別人可以看到自己身影，就能幫他們拍張全家福了，不巧如今的身影任誰都看不到。

那家人一下山去，周遭頓時靜了下來。

剛剛那家人待的地方，有一顆光滑的圓形岩石。大小大概是一個蹲坐的成年人那樣，非常大。

仔細一看，有標示寫說只要單手抵住岩石大聲喊叫，如果聽到回音就能願望成眞。所以那些孩子才會高喊將來想從事的職業啊，他想。是因爲大家都會用手去碰吧，用手觸碰的部分顯得格外光滑。有許多夢想都在這裡被大喊出來吧。

「美鶴妹妹，這顆岩石。據說，只要大喊將來想變成什麼，聽到回音的話就能願望成眞。」

美鶴低著頭，始終凝視地面。她就那麼沉默了好半晌。

「不需要。」

她搖頭。

「那是不可能的。」對著地面呢喃後，美鶴直直望向這邊。「大哥哥你呢？」

「欸，是說大哥哥我嗎？」

她點頭。

意思是，「想變成什麼」嗎？

「這個嘛，想變成什麼啊，被妳這麼一問……」他說著，一邊搜尋答案。想找個聽來帥氣、有教育意義的好答案。但是，不論想到哪個答案，感覺都很假，平坂實在說不出口。

想成爲什麼樣的人。

想做什麼樣的事情。

一直，都在尋找。

「老實說，一直以來都不太清楚。什麼都不知道就走到了現在。」

兩人就這麼沉默了好一會兒，眺望著眼前景色。

「不過，感覺好像終於搞清楚了。大哥哥我呢，自己該做的事情。」

他說著，單手試著抵住岩石。岩石眞的好光滑，有種想要永遠摸下去的不可思議手感。當人的手抵住這顆岩石時，存在心裡的不論何時總是充滿希望的未來嗎？

平坂祈禱著，畢竟沒能大喊出聲就是了。

從展望台看出去，整面景色一覽無遺，在公園玩耍的人，在眼下看來好渺小。不論是遊具、孩子的衣服，各種色彩紛呈，所有一切都好像是色彩繽紛的微縮模型。在那裡跑來跑去的，是在玩鬼抓人的孩子嗎？還有那些跳繩的孩子也是，再怎麼看，都看不膩。

美鶴透過取景窗遠眺那幅情景，大概是顧慮他這邊的反應，他一出聲對她說：「沒關係喔，多拍一點。」她立刻開始東拍西拍。

風好舒服。

平坂舉起雙手，用掌心像大聲公一樣圍成一圈，隨即說：「妳看喔，不知道行不行呢……」美鶴看著他，納悶他要做什麼。

「啊～！」他大喊。

美鶴似乎很吃驚。

「啊～」一個小小的回音傳了回來，有好幾聲。

「是回音，美鶴妹妹，要不要也來試試看？」

她起初只能發出小小聲。「再多用一點肚子的力量，喊出來的話，會很舒服的喔。來，大叫看看。」

「啊～」的叫喊越來越大聲。

「再大聲一點！」

「啊～！」

「啊～」美鶴的聲音傳了回來。

慢慢地，大概是覺得喊出來的自己很好玩，美鶴淺淺地笑了。「大聲地一喊出來，像那些不安什麼的，都感覺跟聲音一起飛走了，對吧。妳看喔。」

平坂也大喊：「啊～！」

美鶴也想模仿他。

「來，美鶴妹妹。再大聲一點。喊出來！喊出來！」

她發出了最響亮的聲音。一看之下，美鶴額頭已經冒汗。她「嘿嘿」笑著。那是首次對平坂展露的笑容。

帶來的巧克力也是，只見她像用拔的一樣撕開銀色包裝紙，一口氣吃掉。「吃那麼多，會蛀牙的喔。」

「沒關係。」

等到他們從展望台走下去時，美鶴也逐漸敞開了心房，開始能稍微對話了。

透過群木，可以看到另一頭在公園嬉戲的孩子身影。

樹根有個地方堆了很多落葉，平坂用鞋尖戳了戳落葉。

「美鶴妹妹，去收集很多落葉過來。剛剛在超商買了地瓜，我們在這裡弄成烤地瓜來吃吧。」

美鶴很開心，開始抓起落葉收集了起來。落葉集中到一處，形成一座大山。

地瓜洗過，用鋁箔紙包得密不透風。

「要包得沒有任何縫隙喔，不然會烤焦。」

美鶴也用鋁箔紙把地瓜捲起來，放進那堆落葉中。她站在落葉山前，用一副「要用什麼點火」的神情望向前方。
「大哥哥是不抽菸的，所以沒有帶點火的東西。」他這麼一說，美鶴看來似乎很沮喪。
「不過妳放心，大哥哥知道生火的方法喔。」
平坂從照相機機體卸下鏡頭，光圈轉到最大，鏡頭的圓形光線投射到地面。
「盡量找一些變黑的樹葉過來，越黑越好喔。」
美鶴根據指示，翻出變成黑色的樹葉拿過來。
「把這些放到地面，妳看接下來會怎麼樣喔。」
他用鏡頭將光線集中於被放在地面的樹葉上，當那圓形光線變成彷彿一個小點時，那裡開始冒煙。
「哇……」
「利用這種鏡頭，沒有火柴也能生火喔。」

平坂用樹枝在地面上畫出超商的袋子。爲她，在那裡簡單描繪出光線聚集，然後連接到焦點的圖樣。

「眞的嗎？」

「可以喔，一樣可以聚集光線。來，美鶴妹妹也試試看。」

他讓美鶴握住鏡頭，讓她嘗試做出一樣的事情。

聚焦處開始冒煙。「眞的做到了。」

「就是像這樣聚集光線呢，黑色的東西很容易燒起來喔，記住這招也很好喔。剛竄出來的火苗是很微弱的喔，妳看。」

平坂翻找口袋。

「我們口袋裡的棉絮很容易燒起來，所以，把棉絮放在靠近冒煙的地方看看。」

輕輕將棉絮放好，煙量眼看著越來越多。

「火就會像這樣燒得越來越旺喔，火如果燒到這種程度，就算去吹火或搧火也不會有問題。因為火變強以後，就越容易燃燒了。」

落葉開始燃燒，火也突然變得益發炙烈。美鶴將臉湊近想去吹，好像扎扎實實吸到了煙，開始「咳、咳、咳」地咳了起來。

「要不要緊，美鶴妹妹？煙吸進去對身體不好，盡量別吸才好喔。舉例來說呢，像是遇到火災的時候，可以用沾溼的布摀住嘴巴喔，妳一定要記得喔。」

「嗯。」她乖乖回答。

營火持續燃燒著，美鶴就坐在一旁，持續沉默地望著營火形狀。

平坂鎖定烤得差不多的時機，用樹枝插進去翻找。他瞄準大顆地瓜一插進去，地瓜直到中心部位都已經烤得軟綿綿了。

「來，吃吧。」

他連同鋁箔紙剝成兩半，「呼、呼、呼」地想吹涼熱騰騰的地瓜，一邊吃，一入口就是飽滿的甜味。「好吃，真的好好吃。」

美鶴冒出這麼一句話。

她好像是突然想拍攝烤地瓜，伸手拿起放在旁邊的相機。「要是靠太近會糊掉，距離大概這樣比較好喔。」他張開雙手比給她看。

美鶴倒退三步，然後拍下放在落葉上的烤地瓜。接下來，又把相機朝向他這邊。美鶴臉上浮現感覺有些靦腆的笑容。「可以拍大哥哥嗎？」

「當然。」平坂展露笑意。快門聲隨即響起。

「吃完就回去吧。剛剛拍的照片，等一下會幫妳顯影喔，待會兒一起看吧。」他這麼一說，美鶴隨即「嗯」的一聲笑了。

平坂嘗試伸出手去，美鶴好像還是猶豫著。「這樣啊。」平坂開始邁開步伐，美鶴怯生生地跑過來抓住了他的手。

往前走了一步，人就已經在照相館裡了。美鶴抓著他的手，驚訝地環顧四周。

「好了，現在來看看照片吧。」
他將底片捲好，開啟照相機背蓋，拿出底片暗盒給美鶴看。
「照片，就放在裡面嗎？」美鶴問他，所以他說明：「這個直接看是看不到的，所以現在要用藥水，讓它變得看得到喔。」
「要把底片放進這個顯影罐，然後放藥水進去顯影喔。」
他秀出像是不鏽鋼罐子的顯影罐，還有用來一圈一圈捲底片用的不鏽鋼捲片軸，美鶴似乎萌生了一點興趣。
平坂讓暗房內變得全黑，將底片捲到捲片軸上，然後放進那個像是不鏽鋼罐的顯影罐中。燈一亮，美鶴頻頻眨眼，美鶴的手要拿顯影罐，好像太小了一點。
從顯影罐倒入藥劑，然後重複搖晃、休息、搖晃、休息似乎很新鮮，她感覺很開心地等著「好，現在搖晃十秒喔。好，現在可以休息一下喔……」的指示。

結束水洗後，從捲片軸拉出底片，就能看到影像好端端地出現在方框之中。美鶴「哇」的一聲。「眞的有照出來耶。」

讓底片乾燥的期間，他們稍事休息。

「還沒有完喔。這個呢，會用一張很大的紙洗成照片喔。」

「洗？」

「這個嘛。意思是沖印成照片的形狀喔，要從這裡面選出一張照片就是了。哪一張好呢？」

美鶴有些害臊地選了平坂在吃烤地瓜的特寫那格。

「那現在要開始沖印囉，會把暗房調暗喔。」平坂說著，將暗房內的照明調整成安全燈的橘光，這樣在沖印黑白照片時，就能看到作業狀況。

他透過光線讓美鶴看負片，影像看起來很清楚，她感覺很開心。

平坂在安全燈亮著橘光的情況下，準備相紙。

「現在會對著這張相紙閃光喔，看好囉。」

光線閃現的瞬間，美鶴似乎很緊張地凝視著。

透過底片的光線，瞬間閃現。相紙，依然還是白色的。

「咦，什麼都沒有出來耶。」

對於美鶴而言，看起來似乎就是一張普通的白紙。

「要把這個呢……」平坂將相紙放進顯影劑中。「來，美鶴妹妹看仔細囉。」

數秒後，影像彷彿輕飄飄浮出表面一般，逐漸出現的情景，似乎讓美鶴打從心底感到驚訝。

「照片從本來什麼都沒有的地方跑出來了。」

「很厲害吧。」

嗯，她點頭。

最後將相紙放進水洗盤，照片中的自己隨即與他四目相接。

很可惜的是烤地瓜跑到方框外面去了，並沒有照到，不過大概是從烤地瓜散發出來的吧，有股蒸騰的熱氣，透過熱氣可以看到自己的笑容。面對感覺很美味的烤地瓜，一邊讓眼角擠出皺紋，打從心底展現笑容。原來自己是這樣的表情啊，平坂心想。背景樹林的樹葉，每一片都閃耀著光芒。假日正午剛過，在優閒公園中流逝的時間，同樣也在這張相紙中流動著。就是這樣一張照片。

「美鶴妹妹，照得很好耶。」他這麼一說，美鶴隨即開心點頭。

他們走到暗房外，他說著：「美鶴妹妹，謝謝妳幫忙。在照片完成前，請妳坐在這裡等喔。」然後建議她坐在圓凳上。美鶴也點頭，乖乖聽話。由於她的雙腳正好處於感覺搆得到又好像搆不到地面的尷尬位置，所以在半空中胡亂踢動。

「稍微等一下喔。啊，對了。我爲妳做一杯黃豆粉牛奶吧，很好喝喔。對了，要不要邊等邊摺紙玩呢？」

美鶴毫無防備地背對他。

小平頭，可以看到她細細的脖子與後頸部。她的注意力專注於手部，正全心全意地在摺些什麼。

平坂用湯匙一圈又一圈攪拌黃豆粉、牛奶還有砂糖。從黃豆粉牛奶冉冉升起似乎很美味的熱氣。

「來，請用。」他一遞出馬克杯，美鶴就笑了。

正當她想接過時……

馬克杯墜落地面，「喀鏘」一聲摔得粉碎。

對不起、對不起、對不起，美鶴慌慌張張地想撿，他明白她的雙手隱約變得透明，能透過去看到地板。

沒關係，平坂伸出去的手，就那麼直接穿過美鶴。

美鶴的身影變得越來越稀薄。

美鶴一邊消失，發出慘叫：「大哥哥，救我！」

「不要緊的喔，美鶴妹妹，聽好囉……」

聽到平坂最後的話語的同時，美鶴的意識「啪」地頓時中斷。就那麼被深沉的黑暗所吞噬。

◉

這裡是哪裡。

伴隨著體內劇烈疼痛，美鶴睜開雙眼。她想移動雙腳，綁在腳上的腳鐐還有鎖鍊叮叮噹噹發出聲響。

還在陽台上。

美鶴無力地閉上雙眼。

這裡是兩棟廢棄房屋之間的陽台，是連光線都照不進來的地方，美鶴已經從昨晚就被鎖在這裡了。

額頭上有黏著什麼東西的觸感。用手指一摸，額頭附近傳來劇痛。牢牢黏在那裡的，大概是乾掉的血漬。是被毆打得有多慘呢，中途自己就飛到天花板上，所以不太清楚。

昨晚，繼父壓了上來，然後用拳頭狠狠揍她，揍了又揍。美鶴當時就像做壁上觀似地從天花板俯視一切。母親在對面看手機。她並沒有看向這邊，「別做得太過火啊～」只是低頭這麼說。「美鶴，是妳不好喔～好好反省。」

「手好痛。」她這麼說出口，當父親從房間角落拿高爾夫球桿過來時，她連逃都沒辦法。他不可能打什麼高爾夫球，那是爲了讓她吃苦頭，特地撿回來的。

自己到底爲什麼被揍，已經無所謂了，都已經無所謂了，好想趕快不再感覺到痛。

她的容身之處，是在陽台垃圾山裡的小狗屋，狗兒也被那傢伙踢死了。除了那條滿是狗毛的毛毯，沒有任何東西能夠守護自己。

只要那傢伙的「教訓」一開始，她就會讓自己的意識飛到天花板上去。拜託，讓這一切結束吧，這所有的一切都結束吧。美鶴祈禱著。

身軀一被扔到陽台，腳後跟慢了一拍在陽台地面重擊兩次。腳踝被纏上鎖鍊，然後鎖窗的聲響，聽起來感覺好遙遠。她微微睜開眼睛，正在鎖落地窗的人是媽媽。「給我在外面好好反省。」

她明白，哭求說「放我進去」也沒用，這一帶根本就沒人住，所以沒有任何人聽得到。春天還很遙遠，她只記得因爲很冷，所以蓋上了毯子。冰冷的雨落下，小狗屋的縫隙開始滲水，慢慢沾溼自己的小平頭與毯子。已經什麼都無所謂了。

意識逐漸遠去……做了夢。

跟什麼人一起玩的夢。

那是個溫柔的人，男人。

是因爲腫得厲害嗎？很難睜開，不過她微微睜開眼瞼。

正納悶是什麼，原來是陽光照射在臉上。陽台上方是屋頂與屋頂之間，只有一條細細的縫隙，不過現在太陽好像在正上方。

好刺眼。

正想閉上眼睛，視野中看到什麼東西閃閃發光。不經意地只移動視線，這才明白是有什麼正在反射光線。

一堆破爛東西中的積水閃耀著光芒。不太清楚是什麼的容器、報紙、雜誌、蛋盒、傳單，各式各樣的東西形成了垃圾山。被塞在超商容器裡，打了結的縐巴巴袋子，塑膠袋……

她閉上雙眼。

好想再做一次那個夢喔。

夢裡的烤地瓜，好好吃。

自己最後一次吃飯，是什麼時候啊。已經忘記了。

可不可以陪我再玩一次啊……

她在腐臭中，猛然睜開雙眼。

──我知道方法喔──

覺得想要回憶起什麼東西來。

──我知道生火的方法喔──

還差一點點，就能回憶起什麼東西來。

──不過妳放心，大哥哥知道生火的方法喔──

腦海裡重新浮現這樣的聲音。

──沒有鏡頭的時候，利用裝在超商袋子裡的水也可以喔──

沒有。

鏡頭的時候。

利用裝在超商袋子裡的水也可以。

光是要起身，身體各部位都嘎吱作響，因爲疼痛而發出慘叫。她拚命伸長了手，卻因爲鎖鍊太短搆不到。她卯足全力伸長手，抓住一根棒子，一點一點地將垃圾撥到面前來，然後抓住塑膠袋。不論肩膀或頭部都像是要解體一般疼痛，感覺噁心想吐。

現在透明的袋子裡，滿是昨天降下的雨水。

要把光。

要聚集光線。

要把光線集中到一點。

黑色的，黑色樹葉或什麼的。

她翻找雜誌中沒有溼掉的頁面，終於找到印刷是黑色的部分。

要把光線，集中到黑色的地方。

這麼做了好一會兒，開始微微冒煙。

爲了想讓腦袋再回憶起些什麼，美鶴閉上眼睛。

她拚了命地回想。

——口袋裡的棉絮——

衣服很不巧地都溼透了，不過，小狗屋裡還有墊布。她開始收集墊布之間像棉絮的東西。

煙量逐漸增加，最後終於竄出火苗。

「是火。」

彷彿細心呵護一般，她用雙手圍著。一旦持續添加乾掉的碎片類東西，火焰逐漸增強。增強的火焰變得猛烈，往上一路舔過去似地開始爬上牆面。伴隨著「啪嘰啪嘰」聲響，火花四散。

燒吧。

多燒一點吧。

把這所有一切都燒掉吧，全部。

她因為煙而咳嗽。

她用雨水沾溼的布摀住嘴巴。

美鶴陶醉地仰望火焰，只要想到一切全都會結束，就感覺幸福地躺了下去。

不論是那傢伙或是媽媽都吃了奇怪的藥，會一直睡到傍晚。

火勢越來越大，直衝天際似地包覆整面牆。

好熱。

已經全都無所謂了。

但是……

那個大哥哥，最後是怎麼說的？

他好努力地企圖傳達些什麼，想對自己傳達些什麼。

逐漸逼近的火焰熱度，讓她皺著臉，同時一邊思考。

大哥哥他，專注地凝視自己的眼睛，笑著說「不要緊的喔」。

然後，最後是這麼說的。

——大喊出來——他說。

美鶴妹妹，大喊出來。

用很大的聲音。

來，試試看。用很大的聲音，毫無顧忌地喊出來。之前不是跟大哥哥一起，練習過很多次了嗎？

就像那時候一樣，吸氣，把空氣吸到肚子裡。把手，放在嘴巴這邊。

來，加油。

「啊！」

不要緊的。

就像那時候一樣，她毫無顧忌地張大嘴巴。

「啊～！」

喂，那裡不是燒起來了嗎？耳邊傳來這樣的聲音。喂，叫消防隊、消防隊。那是空屋嗎？反正先打電話再說吧。這附近應該是空屋吧？反正先來拍個照片或影片吧。這影片，搞不好還能賣給哪個節目呢。

美鶴站了起來。身體各部位都發出慘叫。膝蓋數度感覺幾乎就要癱軟下去，她同時只抓住身邊的破爛東西。她將重心放在膝蓋上，慢慢將膝蓋打直。

因爲什麼都沒吃，腦袋天旋地轉的。卽便如此，她還是使勁站穩。

她站起來。

背後是熊熊烈火……

美鶴大叫。用盡全力放聲大叫。

喂，快看，有個小孩在那邊！想從這邊上去也沒地方踩，好像沒辦法順利爬上去。「消防車就快到了，妳再撐一下」、「頭低著，用什麼東西把嘴巴摀起來喔」，下面一直有人聲在鼓勵自己。

消防隊立刻就到了。「孩子，要不要緊？」她被人抱起，原本蓋在臉上的布掉了下去。大概是看到她腫脹的臉龐、全身瘀青還有腳上的鎖鍊，消防隊員「呃」的一聲爲之語塞。

腳鍊不用鑰匙是打不開的。

「很快，就會幫妳把這個切開。沒事了，已經沒事了。」

消防隊員隔著梯子，抱起全身是傷的美鶴身軀，數度輕撫她的小平頭。

邊這麼說，雙眼邊噙著淚水。

美鶴望著陷入火海的家，這麼心想。

全都燒光光才好。

「妳家裡的人……」

瞬間，美鶴僵住了。

就這樣全都燒光光吧，這個家，那傢伙，還有媽媽也是。完全沒有幫過自己的媽媽也是。全都燒掉吧。

美鶴隱約也明白，只要說「沒人」，就會來不及救。即便如此，美鶴還是這麼說出了口。

「有媽媽，在裡面。」

照相館牆上的擺鐘，雖然不論鐘擺或指針都不動了，不過還是動起來比較好吧，送貨員矢間心想。畢竟有種既定形式的美感。

矢間在等茶泡好的期間，茫然眺望平坂的立式相框。那張照片是黑白照片，影中人平坂在某處山中笑著。

這是唯一一張，留給平坂的照片……

平坂當時只是教了那孩子各種遊戲罷了，並沒有違反這個世界的運作之理。總之就是在極度逼近那條界線的情況下，巧妙地避免實際壓線呢，他想。

即便如此，他之前可以說是完全被蒙在鼓裡呢。

這張拍到平坂的照片，據說是平坂吃了地瓜展露笑容的照片。大幅改變一個人命運的最大禁忌。代價就是，平坂所有的人生照片——記憶被燒得一張都不剩。唉，引導者如今所擁有的財產，也僅剩下記憶而已了啊。

「矢間，茶泡好囉。」

那邊房間傳來平坂的聲音，平坂的聲音總是很溫柔。

當平坂所有的人生照片被燒掉時，只有這張還在暗房裡的照片被矢間偷偷藏了起來。

的確，平坂生前度過了質樸、平凡的一生。個性內向，也沒什麼朋友。沒有女友，單身，沒有嗜好。如果說電玩裡有個勇者，那他就是在角落閒晃、爲背景增添色彩的那種角色。那是與什麼偉大功業、勳章等，距離非常遙遠的人生。簡單一句話，也就是毫不起眼的一生。活了一輩子沒有留下任何功績的一生，這點他自己也料到了。

儘管如此，就只有我幫忙記得吧，矢間想。記得他是一位從無法違抗的命運，拯救了一個孩子生命的英雄。

平坂從門扉後方，探出頭來。
「怎麼啦，矢間？」
「沒事啊，那就讓我喝杯茶吧，平坂先生的茶最好喝了。」
那麼，拍下平坂照片的那個孩子的人生，接下來會在哪裡綻放出美麗的花朵呢？又會留下什麼樣的人生照片呢？
一年只有一張啊。希望她到時候會抱怨「怎麼這樣啊，這麼多根本選不出來啊」，盡情享受各式各樣的精采體驗。
在遙遠的未來，能再見到那孩子之前。可能的話，希望，那是非常遙遠之後的未來。

石階上的樹葉也有點溼了，散發出森林獨特的深沉氣味。在一年春夏秋冬四季之中，美鶴莫名地最愛現在這殘存寒意的三月的山。

她正在爬山。隨著一步步接近山頂，腦袋也跟著越來越清晰舒暢，這是爲什麼啊。是因爲，一步步更接近藍天的關係嗎？

自從那個事件發生之後，已經過了十六個年頭。

小小的背部也已經拉長，並健康長成到甚至必須介意自己的肚子那邊了。

十六年前的三月十六日。事到如今還是會思考，那時候說出「有媽媽，在裡面」正不正確。但是，要是說出「沒人在」，那一定會成爲痛苦的根源。不論選擇任何一條道路，都不是所謂的正確答案，神正爲此流露實在有夠壞心眼兒的神情吧，她心想。

原因不明的起火，讓虐待一事公諸於世，命懸一線之際因爲重複的偶然而得救……整起事件變成是這樣。關於起火方面，她並沒有接受太多調查。一回神，自己就已經在熊熊烈火旁邊了，她是這麼說的。

親生母親與繼父除了對孩子拳打腳踢的暴行，還把孩子剃成小平頭、腳踝鎖上腳鍊，平常就扔在冬季天空下的陽台不管。後來由於正巧冒出的火苗，才讓孩子被救出，要是沒有那些火苗，孩子差一步就要踏入鬼門關了……這樣讓人震驚的消息，據說當時從早到晚重複播送，各家新聞爭相報導，那個房子的陽台也被特寫照出。看到角落的小狗屋眞的是破破爛爛的樣子，好像也激發了各式各樣不同人內心的憤慨，據說還有行人被訪問的時候，爲她流淚感到憤怒。

事件之後，母親與繼父遭受實際服刑的判決，而她本人——山田美鶴則接受一連串細膩的心理諮商，同時在鄉下某設施中生活。

她與母親從那之後，不曾再見過面。

受到事件影響，同時做爲媒體對策，「美鶴」這個名字後來改名了。美智。這十六年來，已經完全習慣了「美智」這個新名字，但是內心總存在著「『美鶴』才是眞正名字」的想法。

美鶴妹妹。

那麼呼喚的聲音、那個夢的記憶已經幾乎支離破碎，現在只留下些許感覺而已。

對於美鶴而言，有個職業是無論如何都想要做的。雖然也曾想過，擁有如此複雜過往的自己，以此爲目標眞的好嗎？但是同時也覺得，正因爲如此才更要做。

那就是幼教老師。爲此，她從幼兒教育學系畢業後，開始在今年是七十週年，擁有歷史與傳統的幼兒園工作。

雖然離專業老鳥還有一大段距離，常常拚勁揮棒落空、一塌糊塗，又或無法與孩子好好相處而煩惱。到目前爲止，精神上被逼得走投無路時也是，不知道爲什麼，就會想要爬山。背上背包，斜背著一台相機，一個人出發。

到東京上大學時，經濟方面不寬裕，家具之類的都是用二手，不過碰巧看到了這台相機。總覺得就是會放在心上，明明沒打算買的，還是忍不住買了下去。那是現在有些罕見，要裝底片的類型。「尼康F3」，搭配名爲「GN Nikkor」的薄鏡頭。

她很喜歡這個組合，總是一邊爬山、一邊把各種有興趣的東西拍下來。樹木殘株啦、樹枝上只剩一顆的紅色果實等，她很喜歡拍攝這些小巧可愛的東西。

等到對於照片的興趣日益升高，她也開始走進出租暗房。儘管內心有各種不安，她明白只要在暗房中忘記時間的流逝投入作業，腦袋就能好像沉澱似地慢慢感到平靜。

她將長到背部的長髮綁好，穩穩踩在山路上往上爬。

在樹葉全都掉光的枝幹上，唯有一處就像有顆球似的一團綠綠的在那裡，她拍了一張。那是槲寄生呢，她心想。

她目送三隻鳥兒一起飛過藍天。

在澄淨的空氣中，響起某種鳥兒的尖銳鳴叫。她豎耳傾聽那迴響，靜靜佇立。不經意一看，山櫻花已經默默盛開。她以藍天爲背景，更突顯出那淡淡櫻花的光芒後，又照了一張。

道路堆滿了落葉，走起來鬆鬆軟軟的。在路邊發現了不熟悉的菌菇，湊近試著看個仔細。那叫「猿之椅」[21]，如果眞的是小小的猴子，感覺是可以當椅子的。

一抵達山頂，就能看到視野很好的平坦岩石。她很喜歡在那裡休息，喝個茶。

今天已經有人捷足先登，是個大概剛升上或快升上高中的男孩子。美鶴一走上岩石，男孩做出不愧是那個年紀會做的事，微微點頭致意後，重新坐到巨岩的最邊邊去。日光將岩石的溫度曬得恰到好處，屁股暖

21. 日文原文「サルノコシカケ（猿の腰掛）」，直譯為「猴子的椅子」，即中文的「多孔菌」如靈芝、牛樟芝等。

呼呼的。

兩人在巨岩的這頭與那頭，顧忌著彼此，有好一會兒無言以對，總覺得有點好玩。

「你好。」她嘗試出聲攀談「……好。」男孩小聲回應。

好好深入問過後，才知道是住附近的國三生。已經考上志願校，春天開始即將堂堂成爲一位高中生。

美鶴翻找背包內部，連同雨傘、紙袋都一起翻了出來。

「啊，烤地瓜，要吃嗎？」這麼一說，男孩有些猶豫，然後笑說：「好，謝謝。」

她把地瓜分兩半，兩個人一起吃。

坐在岩石上吃烤地瓜的男孩身影，感覺上好像越看越像回事，美鶴於是決定問問看。

「那個啊，我呢，興趣是攝影。可以，拍張照片嗎？」

她秀出相機。「欸，不，可是……我……」男孩陷入慌亂。「青春痘也還沒消。」他似乎是不知道該擺出什麼表情。

「就像剛才一樣吃地瓜就好啦，我會在你沒察覺的時候照的。」

「好，我知道了。」男孩說完，視線就從相機這邊閃開。

美鶴笑著，將正在吃地瓜的男孩收納進方框之中。對了，標題就叫做「在山頂吃地瓜的少年」吧。

美鶴透過相機取景窗看著男孩，就那麼停止了動作。

「請問……已經，照好了嗎？」

那聲音讓她回過神來。男孩不知道什麼時候，好像已經吃完地瓜了。

某部分情緒，蠢蠢騷動。怎麼回事？

那是非常溫暖、懷念的情緒。

「你都一個人來嗎？」嘗試這麼一問，他說：「偶爾。」

「像是發生什麼事情的時候之類的？」

這麼一說，男孩露出有些害羞的笑，點了頭。

「我也是。」她說。

風和緩吹過臉龐，雙眼隨之瞇了起來。森林微微低鳴。

她喝了水壺裡的茶。透過熱氣，可以看到綿延群山，男孩似乎也正靜靜享受著眼下延伸到遠方的遼闊景色。他跟自己一樣，也在喝水壺的茶。

「這裡，看出去的景色眞好呢。」

「是啊。」

「會有回音傳回來吧。這裡。只要大叫『啊～！』總覺得心情就能平靜下來呢。」

男孩也點頭。

感覺快被悲傷與不安擊潰時也是。

——大喊出來——

這是那個人教我的。

把希望大喊出來。

不管幾次，都要重新站起來，對這世上所有莫名其妙的事情大聲喊出來。

——美鶴妹妹，大喊出來——

美鶴站起來，手圍在嘴巴周遭，遠眺眼下一片廣闊的綠意，使勁吸了一口氣。

本書爲新作。
故事爲虛構，文中若出現相同名稱，
也與實際存在的人物或團體毫無關係。

致謝

本次，在撰寫本書之際，透過新田保育園、野村陽子園長爲首的各位職員、創立當時的各位就讀兒童，還有當地的各位，獲得許多知識與啟發，由衷表達感激之意。

關於本作品第一章，根據的是昭和二十四年（西元一九四九年），前「東京SEROFAN」（今「三井化學東喜璐〔CELLO〕株式會社」）工廠廠長，之後成爲首任園長的畑山三郎先生、前園長曾根綾子女士，還有園童父母或當地各方人士的熱忱，大力整頓孩子的幼教場域——新田保育園的眞實情節。

關於文中的相機、暗房等方面，有幸獲得日本照相博物館學藝員的各位建議，對本人創作助益良多，也在此致上謝意。

國家圖書館出版品預行編目資料

時光照相館／柊 彩夏花 著；鄭曉蘭 譯--初版.--
臺北市：皇冠, 2021. 10
面；公分. --（皇冠叢書；第4977種）（大賞；130）
譯自：人生写真館の奇跡
ISBN 978-957-33-3800-0（平裝）

861.57　　110015239

皇冠叢書第4977種
大賞｜130

時光照相館

人生写真館の奇跡

作　　者—柊 彩夏花
譯　　者—鄭曉蘭
發 行 人—平雲
出版發行—皇冠文化出版有限公司
台北市敦化北路120巷50號
電話◎02-27168888
郵撥帳號◎15261516號
皇冠出版社（香港）有限公司
香港銅鑼灣道180號百樂商業中心
19字樓1903室
電話◎2529-1778　傳真◎2527-0904
總 編 輯—許婷婷
責任編輯—蔡維鋼
美術設計—單宇
著作完成日期—2019年
初版一刷日期—2021年10月

讀者服務傳真專線◎02-27150507
電腦編號◎506130
ISBN◎978-957-33-3800-0
Printed in Taiwan
本書定價◎新台幣320元／港幣107元